Pode me beijar se quiser

IVAN ANGELO

Ilustrador: RICARDO AZEVEDO

PRÊMIO APCA

conforme a nova ortografia da língua portuguesa

editora ática

O texto ficcional desta obra é o mesmo das edições anteriores

Pode me beijar se quiser

DIRETOR EDITORIAL ADJUNTO · Fernando Paixão
EDITORA ADJUNTA · Gabriela Dias
EDITOR ASSISTENTE · Fabricio Waltrick
APOIO DE REDAÇÃO · Pólen Editorial e Kelly Mayumi Ishida
COORDENADORA DE REVISÃO · Ivany Picasso Batista
REVISORA · Liliane Pedroso

ARTE
CAPA · Exata
PROJETO GRÁFICO · Tecnopop
EDIÇÃO · Cintia Maria da Silva
EDITORAÇÃO ELETRÔNICA · Zin Pan e Exata

CIP-BRASIL - CATALOGAÇÃO NA FONTE
SINDICATO NACIONAL DOS EDITORES DE LIVROS, RJ

A593p
4.ed.

Angelo, Ivan, 1936-
Pode me beijar se quiser / Ivan Angelo ; ilustrações Ricardo Azevedo. - 4.ed. - São Paulo : Ática, 2007
160p. ; il. - (Sinal Aberto)

Apêndice
Inclui bibliografia
Contém suplemento de leitura
ISBN 978-85-08-10644-8

1. Maturidade - Literatura infantojuvenil.
2. Multiculturalismo - Literatura infantojuvenil.
3. Relações culturais - Literatura infantojuvenil.
I. Azevedo, Ricardo, 1949-. II. Título. III. Série.

06-2896. CDD 028.5
CDU 087.5

ISBN 978 85 08 10644-8 (aluno)
ISBN 978 85 08 10645-5 (professor)

2025
4ª edição, 7ª impressão
Impressão e acabamento:
Log&Print Gráfica, Dados Variáveis e Logística S.A.
OP:286628

Av. Otaviano Alves de Lima, 4400 · CEP 02909-900 · São Paulo, SP
Atendimento ao cliente: 0800-115152 · Fax: (11) 3990-1776
www.atica.com.br · www.atica.com.br/educacional · atendimento@atica.com.br

Um menino à beira da adolescência

Em uma **fazenda** na pequena Vila das Pedras, no interior de São Paulo, vive Miguel — um **menino de uns 10, 11 anos**, simples, sensível, inteligente e capaz de transformar a vida das pessoas com seus comentários desconcertantes. Quem logo nota o jeito especial do garoto é Nelson, o dono da fazenda, que lhe dá uma bicicleta e o contrata para pequenas entregas, mas com a exigência de que ele continue os seus **estudos**.

Com um pé na infância e outro na adolescência, Miguel encara novas situações em sua vida: o carinho inexplicável por Lindinha, a filha do dono da fazenda; o fascínio pelo circo; o preconceito alheio; as dificuldades impostas pela pobreza; a relação com a morte e a loucura; e a inesquecível emoção do **primeiro beijo**.

Você vai se deliciar com os **pequenos flagrantes** do cotidiano de um garoto que começa a **descobrir o mundo** e se surpreende com os próprios sentimentos.

Depois de acompanhar as aventuras e as emoções vividas por Miguel, conheça melhor o autor Ivan Angelo em uma entrevista exclusiva no fim do livro.

Não perca!

- *O amadurecimento de um menino sensível e inteligente.*
- *As emoções do primeiro amor e do primeiro beijo.*

Sumário

O menino, de uns dez, onze anos, pés no chão, vinha andando pela estrada de terra da fazenda com a gaiola na mão. Sol forte de uma hora da tarde. A menina, de uns nove, dez anos, ia de carro com o pai, novo dono da fazenda. Gente de São Paulo. Ela viu o passarinho na gaiola e pediu ao pai:

— Olha que lindo! Compra pra mim?

O homem parou o carro e chamou:

— Ô menino.

O menino voltou, chegou perto, carinha boa. Parou do lado da janela da menina. O homem:

— Esse passarinho é pra vender?

— Não senhor.

O pai olhou para a filha com uma cara de deixa pra lá. A filha pediu suave, como se o pai tudo pudesse:

— Fala pra ele vender.

O pai, mais para atendê-la, apenas intermediário:

— Quanto você quer pelo passarinho?

— Não tou vendendo não senhor.

A menina ficou decepcionada e segredou:

— Ah, pai, compra.

Ela não considerava, ou não aprendera ainda, que negócio só se faz quando existe um vendedor e um comprador. No caso, faltava o vendedor. Mas o pai era um homem de negócios, águia da Bolsa de Valores, acostumado a encorajar os mais hesitantes ou a virar a cabeça dos mais recalcitrantes:

— Dou dez.

— Não senhor.

— Vinte.

— Vendo não.

O homem meteu a mão no bolso, tirou o dinheiro, mostrou três notas, irritado.

— Trinta!

— Não tou vendendo não senhor.

O homem resmungou "que menino chato" e falou para a filha:

— Ele não quer vender. Paciência.

A filha, baixinho, indiferente às impossibilidades da transação:

— Mas eu queria. Olha que bonitinho.

O homem olhou a menina, a gaiola, a roupa encardida do menino, com um rasgo na manga, o rosto vermelho de sol.

— Deixa comigo.

Levantou-se, deu a volta, foi até lá. A menina procurava intimidade com o passarinho, dedinho nas gretas da gaiola. O homem, maneiro, estudando o adversário:

— Qual é o nome deste passarinho?

— Ainda não botei nome nele não. Peguei ele agora.

O homem, quase impaciente:

— Não perguntei se ele é batizado não, menino. É pintassilgo, é sabiá, é o quê?

— Aaaah. É bico-de-lacre.

A menina, pela primeira vez, falou com o menino:

— Ele vai crescer?

O menino parou os olhos pretos nos olhos azuis.

— Cresce nada. Ele é assim mesmo, pequenininho.

O homem:

— E canta?

— Canta nada. Só faz chiar assim.

— Passarinho besta, hein?

— É. Não presta pra nada, é só bonito.

— Você pegou ele dentro da fazenda?

— É. Aí no mato.

— Essa fazenda é minha. Tudo que tem nela é meu.

O menino segurou com mais força a alça da gaiola, ajudou com a outra mão nas grades. O homem achou que estava na hora e falou já botando a mão na gaiola, dinheiro na outra mão:

— Dou quarenta, pronto. Toma aqui.

— Não senhor. Muito obrigado.

O homem, meio mandão:

— Vende isso logo, menino. Não tá vendo que é pra menina?

— Não, não tou vendendo não.

— Cinquenta! Toma aqui! — e puxou a gaiola.

Com cinquenta se comprava um saco de feijão, ou dois pares de sapatos, ou uma bicicleta velha.

O menino resistiu, segurando a gaiola, voz trêmula:

— Quero não senhor. Tou vendendo não.

— Não vende por quê, hein? Por quê?

O menino acuado, tentando explicar:

— É que eu demorei a manhã todinha pra pegar ele e tou com fome e com sede, e queria ter ele mais um pouquinho. Mostrar pra mamãe.

O homem voltou para o carro, nervoso. Bateu a porta, culpando a filha pelo aborrecimento.

— Viu no que dá mexer com essa gente? É tudo ignorante, filha. Vam'bora.

O menino chegou pertinho da menina e falou baixo, para só ela ouvir:

— Amanhã eu dou ele pra você.

Ela sorriu e compreendeu.

O menino descia a suave inclinação com a gaiola enganchada no dedo indicador da mão direita. Sua camisa vermelha era visível de longe. Desde que havia dado o bico-de-lacre para a filha do doutor Nelson, tentava pegar um passarinho que prestasse. Da janela da cozinha sua mãe podia ver que ele não havia apanhado nada. Vinha com a gaiola baixa, braço caído ao longo do corpo. Se houvesse algum passarinho dentro daquela gaiola, ele viria com ela erguida, na frente dos olhos, só afastada de vez em quando para conferir o caminho.

O menino deu a volta na casa, deixou lá atrás a gaiola com o alçapão, parou no tanque, bebeu água durante muito tempo e sentou-se na escada da porta da cozinha. Estava vermelho de sol, apesar do boné. Abriu a camisa no peito, tirou a botina. Havia cortado a barra da calça com a tesoura.

— Miguel, doutor Nelson mandou você ir lá na sede falar com ele — disse a mãe.

Nunca ninguém da casa havia sido chamado para conversar na sede. Nem seu pai, que zelava pelos prédios e instalações da fazenda. Tinha de trazer tudo bem pintado, telhados em ordem, esgotos funcionando, portas, porteiras, cercas, estradas, jardim, pomar. Era mais instruído que os colonos, chefiava seis homens, trabalhava lá desde a época do pai do antigo dono e mesmo assim tudo era tratado no terreiro. Talvez com esse doutor Nelson fosse diferente. O menino não pareceu preocupado, nem se virou para responder, descansando:

— Que que ele quer?

— Você aprontou alguma coisa com ele?

— Aprontou o quê, mãe? Só vi o homem naquele dia.

— Que ele quis comprar o passarinho pra menina dele e você não vendeu?

— É, aquele bico-de-lacre.

— Devia ter vendido.

— Era meu, não era? O que é meu é meu.

— Quem sabe é sobre isso que ele quer falar?

— Eu não vendi mas depois eu dei o passarinho pra ela. Ele não tem de me pagar.

— Não, eu sei. Pensei foi outra coisa.

— O quê?

— Deixa.

Miguel já estava acostumado com esse jeito da mãe: vai, volta, para, rodeia.

— Eu não falei que não era para cortar a barra da calça?

— Tava muito comprida, mãe.

Ele ouviu a mãe murmurar qualquer coisa, mas não entendeu o quê. Estava pensando que não valia a pena ficar a manhã inteira na espera e não pegar passarinho nenhum. Estava pensando em não ir no dia seguinte. Estava pensando seriamente em não ir também no outro dia. Talvez nem valesse a pena ir em dia nenhum. Os passarinhos que prestavam estavam sumindo.

— Então eu vou lá — disse ele, levantando-se.

— Melhor almoçar primeiro — disse a mãe.

Era um jeito de adiar um pouquinho, ele sabia. Isso queria dizer que ela achava que era coisa ruim.

Doutor Nelson estava de costas, sentado à mesa, diante da tela colorida do computador. Mesmo de costas, Miguel reconheceu o homem cheio de corpo que o abordara na estrada da fazenda, dias atrás. Na tela do aparelho, cartas de baralho mudavam de lugar, voando como anjos. O menino, silencioso, distraiu-se vendo aquela dança.

— Você já viu computador, Miguel? — disse o homem sem se virar.

O menino achou bom ele não se virar, pôde guardar para si a surpresa de que o homem tivesse sentido sua presença.

— Não senhor.

— Isto aqui é um computador. Sabe pra que serve?

— Não senhor.

— Nem eu sabia, com o triplo da sua idade — disse ele, virando-se. — Hoje ninguém vai pra frente sem ele.

Miguel foi ficando à vontade, porém com um pé atrás. A voz do doutor Nelson não era irritada e mandona como fora na estrada. Procurou com os olhos a menina, mas ali só estavam ele e o dono da fazenda.

— Quantos anos você tem, Miguel?

— Onze.

— Tá estudando?

— Terminei a quarta série.

— E depois, vai continuar?

— Trabalhar, pra ajudar o pai.

Doutor Nelson se levantou, enorme.

— Não parece que tem onze. Parece dez.

Voz pequena, concordando contra a vontade:

— É...

— Não vai ser de grande ajuda na terra. É melhor estudar.

O menino não disse nada, confuso. O homem estava fazendo pouco-caso dele, ou elogiando-o, e ele não estava sabendo o que era mais provável.

— Miguel, eu queria falar com você sobre a nossa conversa na estrada.

O menino pensou na mãe. Ela sempre acertava essas coisas.

— Eu fiquei muito irritado com aquela conversa, Miguel. Fiquei mesmo.

Medo do que podia acontecer com o pai, com a mãe. Culpa dele.

— Andei perguntando aí sobre você, sobre seu pai, sua mãe.

Um dia, quando fosse grande, voltava e se vingava.

— É gente direita, me disseram. Trabalhadora. Menino esperto.

Talvez a punição não fosse tão grande.

— Aí, nesse meio tempo, você deu o passarinho pra Lindinha, minha filha.

Lindinha! Era nome ou apelido?

— Aquilo foi pra me dar alguma lição? Pra me provocar?

— Não senhor.

— Seu pai que mandou, ou sua mãe?

— Não senhor.

— Eles ficaram com medo de que eu me aborrecesse e mandaram você dar o passarinho pra ela, não foi?

— Não senhor.

— Então como é que é isso? Num dia não vende por dinheiro nenhum, no outro dia você vai e dá o passarinho pra ela.

O menino não entendia por que o homem fazia tantas perguntas sobre aquilo e não estava irritado como naquele dia.

— Eu prometi pra ela que dava, e dei.

— É, ela me falou.

O homem ficou parado um tempo, pensando. Um tempo incômodo para o menino.

— Sabe, Miguel...

Parecia com dificuldade de falar, procurando o melhor jeito.

— Bom, é o seguinte. Eu aprendi uma coisa naquele nosso encontro na estrada e aprendi de novo quando você deu o passarinho pra Lindinha. Sabe o que foi que eu aprendi?

— Não senhor.

— Qual é o meu lugar.

O homem parecia mais à vontade depois de ter falado.

— Eu nunca tive fazenda. Meu negócio é lucro com dinheiro. Quer dizer, era. Ganhei essa fazenda numa jogada financeira e resolvi que vou tocar isso aqui. Vou triplicar o café, vou trocar o gado de corte para produção de embrião, vou triplicar o milho. Outros negócios. Tá me entendendo?

— Não senhor.

— Você me mostrou até onde eu mando, até onde vai a minha vontade, o meu dinheiro. E depois me ensinou que as pessoas têm motivos e razões que são só delas, não adianta a gente querer entender com a cabeça da gente. Tá entendendo ou não?

— Não senhor.

Doutor Nelson nem ouviu a voz miúda, nem deu uma parada na sua fala, pensando alto:

— Não digo motivos pra fazer coisa errada, que isso a gente vê todo dia, alguém querendo justificar uma burrada. Pra fazer coisa certa cada um também tem seu jeito, sua hora, e a gente não entende e confunde com outras coisas.

O menino já sabia que não ia ser punido e pensava: o que será, então, que ele quer? O homem parou de falar, andou até a mesa do computador, desligou-o e veio de novo até onde estava o menino.

— Você quer um trabalho, Miguel? Ganhar um dinheirinho todo mês?

— Uai, quero, né?

— Vem comigo.

Saíram da sede, atravessaram o jardim gramado, onde tufos de maria-sem-vergonha coloriam de rosa, branco e roxo o leito arredondado das palmeiras-reais, dos ipês e das buganvílias. O homem andava com passos largos, que o menino acompanhava quase correndo. O escritório ficava do outro lado da entrada da sede, atravessando a estrada de cascalho miúdo, e era para lá que iam, botinas fazendo tcha tcha nas pedrinhas soltas. Entraram. A moça que trabalhava no computador parou e sorriu. Ela estava sozinha e num canto havia algo coberto com uma lona. O homem foi direto até lá e descobriu uma bicicleta nova, novinha!, azul e vermelha, de marcha, com um bagageiro na frente.

— É sua — disse o doutor Nelson.

— Nossa! — disse o menino, emocionado, e só teve coragem de pôr a mão no bagageiro.

A moça do computador sorriu encorajando-o:

— Tadinho...

— É sua, mas tem um porém — disse o doutor Nelson. — Vai estudar e vai trabalhar, aqui pra fazenda e pra quem mais você quiser. Pra mim, você vai buscar todo dia a caixa postal e os jornais lá na vila. Pode arranjar mais biscates por aí. Quando recomeçarem as aulas, você volta pra escola e continua trabalhando. Topa? Combinado?

— Tá.

O homem foi saindo.

— Quer dizer, depende.

O homem voltou.

— Depende do quê?

— Do que mamãe e papai vão dizer.

O homem voltou àquele jeito irritado da estrada:

— Ora, menino, então não vão querer dar um jeito num menino que fica por aí o dia inteiro catando passarinho, sem o que fazer, aprendendo besteira? Vão levantar a mão pro céu!

Quando saía, de novo a vozinha o alcançou.

— Doutor Nelson.

Parou, mas não olhou.

— E quanto é que eu vou ganhar?

— Primeiro vamos ver quanto é que você vale — disse o homem, e foi andando.

— Doutor Nelson!

Desta vez não parou.

— Obrigado!

O menino não viu o sorriso na cara do homem que se afastava.

Lá estava o cachorro esperando-o.

Toda manhã Miguel passava por ali na sua bicicleta, a caminho da vila, e sempre levava uma carreira do vira-lata preto dos italianos.

A granja dos Fabrini ficava a uns dois quilômetros da fazenda; a vila, a seis. Estrada quase plana. Os italianos moravam na única baixada, descida e subida para ir ou para vir.

Miguel pedalou forte na descida e já começou a ouvir o rosnado do cachorro, um vira-lata grande, preto. Passou por ele, veloz, vislumbrou o vulto do Guido Fabrini saindo dos tomateiros e correndo para a estrada, gritando, parece que chamando-o — "*Michele! Michele!* Para!" —, mas não ia parar de jeito nenhum, arriscando-se a levar uma mordida daquele peste. O cachorro só desistia no meio da subida.

Depois dali era tranquilo, tudo plano. Parou no sítio do japonês, o senhor Oushi, e tocou a sineta do portão. O senhor Oushi saiu do meio dos caquizeiros, fazendo reverências de cumprimento, num passinho curto e rápido, chamando a senhora Oushi dentro da casa, e avisando:

— Migué-san! É Migué-san!

A senhora Oushi apareceu na moldura da porta, fez uma reverência de cabeça, depois fez sinal para ele esperar e sumiu.

— Bom dia, senhor Oushi. Quer alguma coisa da vila?

— Carta, carta. Neto vem.

— Quando chega?

O senhor Oushi não entendeu, repetia "quanto?", o menino corrigia, "quando, quando", acentuando o *d*, repetindo "do, do", e o senhor Oushi repetia "do, do". Sorriu para o senhor Oushi e achou melhor esperar. Havia muitos anos que ele morava no Brasil e não aprendia de jeito nenhum o português. Diziam que ele sabia a língua, antes do assassinato da filha pelo marido japonês em algum lugar perto de Belo Horizonte, Minas Gerais. Aí parou de falar, só conversava em japonês com a mulher. O senhor Oushi não conhecia mais ninguém no Brasil, mas não quis ir embora do país onde a única filha estava enterrada. O genro esteve preso durante dois anos, saiu por bom comportamento e fugiu para o Japão, levando o filho de três anos. Com o tempo, o senhor Oushi esqueceu o português, só falava umas poucas palavras necessárias. Vendia frutas para um atravessador que passava de caminhão. Essas eram as histórias que contavam. A senhora Oushi veio apressadinha com sua carta na mão, fazendo reverências com a cabeça. Miguel olhou o envelope, cheio de tracinhos. Como é que aquela carta ia chegar a algum lugar, com aqueles tracinhos? Confirmou:

— Japão?

— Japom, Japom — repetiu alegre a senhora Oushi, estendendo-lhe o dinheiro. — É para neto, Migué-san. Neto vem conhecer nós.

Miguel montou na bicicleta e se despediu. No caminho foi pensando nos japoneses, na delicadeza e na morte.

Entrou na estrada principal, asfaltada, já bem perto da vila. Cruzou com ele, buzinando, o ônibus do Miro, que fazia a linha da vila para a cidade, da cidade para a vila. Em outros tempos Miro tinha o único cinema da vila, que acabou vendendo para a igreja Pentecostal, por falta de público. Com o dinheiro comprou um ônibus e vivia disso. Gostava de conversar, contar casos. Às vezes chamava Miguel para dar uma volta até a cidade. Arrumava um canto dentro do ônibus para a bicicleta. E contava casos de filmes, enredos, vida de Cristo e dos frequentadores do cinema.

Encostou a bicicleta no armazém do seu Michel, onde funcionava o posto do correio, o telefone público e a entrega de jornais aos assinantes. Miro apanhava os jornais na cidade e os deixava ali à disposição dos destinatários. Eram apenas dois.

— Bom dia, seu Michel.

Seu Michel almoçava num canto escuro do armazém, sentado a uma mesa onde ficava o bloco de notas fiscais que nunca usava e o espeto onde enfiava as contas fiadas. Seu Michel nunca respondia o cumprimento, só acenava com a cabeça. Tinha duas grandes cebolas descascadas sobre a mesa, ao lado do prato, uma roxa e uma branca, que mordia entre uma garfada e outra.

Miguel abriu a caixa de correspondência com a chavezinha que o doutor Nelson lhe deu. Apanhou o que havia, recolheu o jornal, enfiou tudo num saco plástico e prendeu no bagageiro da bicicleta.

— Tem uma carta pra mandar pro Japão, seu Michel.

A notícia pareceu tão sensacional que ele veio de lá, mastigando, olhar a raridade. Cheirava a cebola de longe.

— Quem vai saber que é pro Japão? Aqui só tem risquinho.

— Então escreve aqui, seu Michel: Japão.

— Eu não. Eu não posso mexer na correspondência.

— Então eu escrevo. Assim é que não pode ir.

Escreveu, pagou o selo, colou, recebeu o troco. Fazia biscate também para o seu Michel. Perguntou se tinha alguma coisa para entregar.

— Tem uma revista aqui pro Guido Fabrini. Pediu pra o menino levar no mesmo dia que chegasse.

O nome Fabrini trouxe a lembrança do cachorro preto.

— Pros Fabrini eu não posso levar, seu Michel.

— Mas não pode por quê? Ou você trabalha ou não trabalha.

Apanhou atrás do balcão uma revista envolta em plástico, transparente na parte superior, opaco na inferior, escondendo a metade da figura de uma moça nua. Miguel ia explicar o problema do cachorro e ficou com a frase travada, olhando a moça, considerando se valia a pena tê-la nas mãos um pouco mais e enfrentar o cachorro.

— Não vai abrir, que não é coisa pra criança — avisou seu Michel.

Apanhou outro pacote, pesado.

— É a encomenda da tua tia: óleo, açúcar, macarrão e arroz. Amanhã, quando vier, traz o dinheiro.

O menino botou tudo no bagageiro. Na porta do armazém, um cartaz amarelo dizia que o circo ia chegar em janeiro. Nem teve tempo de se alegrar com a notícia, saiu com pressa de pegar a estrada. Logo que virou à esquerda, no caminho da fazenda, parou e foi olhar a moça da revista. Já tinha visto peito de mãe amamentando, mas ali havia uma diferença que não sabia dizer qual era. Talvez estivesse no todo da figura, no jeito de ela olhar para quem a olhava. Ou talvez no jeito de empurrar o peito para a frente. Tentava ver a parte de baixo através do plástico opaco — impossível. Pôs a revista de volta no bagageiro e começou a pensar no cachorro. Parou nos japoneses, deu o troco e ganhou uma moeda. Pedalou aqueles três quilômetros pensando alternadamente no seio nu e no cachorro.

Lá estava ele, à espera.

Miguel parou no alto da elevação e planejou o que faria. Desceria devagar e saltaria da bicicleta ainda em movimento, colocando-a entre ele e o cachorro, bem em frente da casa. Daria tempo para o Guido Fabrini chegar. Ou então desceria em velocidade com a revista na mão e a atiraria por sobre a cerca, sem parar. Era o melhor plano, mas o pior para a revista, que poderia se danificar com o choque. Foi descendo, com a intenção de usar a bicicleta como escudo.

O cachorro, fiel ao ritual, se preparou para o ataque. No meio da descida, Miguel achou que o melhor a fazer seria mostrar a capa da revista para o primo Roque, quando fosse entregar as compras da tia. Passou direto, acossado pelo vira-lata negro. Guido Fabrini que prendesse o cachorro, se quisesse a mulher pelada.

Roque era um ano mais velho, filho do irmão caçula de sua mãe, tio Olinto. Tio e mãe vieram de Minas, eram colonos tão antigos quanto seu pai, do tempo do outro dono. Roque era atirado. Sua mãe dizia: não acompanhe seu primo, que ele não é bom da cabeça.

Foram ver a capa da revista longe da casa, das casas. Roque não se contentou com a meia capa. Um Miguel preocupado viu o primo tentar enrolar a revista dentro do plástico, a partir da lombada, até conseguir formar um canudo; depois, mais preocupado, viu o primo fazer uma pequena abertura na emenda do plástico, suficiente para passar o canudo, e extrair por ali a revista.

Foi seu primeiro alumbramento.

Olharam, cada um, várias vezes as páginas reveladoras. Nada sabiam daqueles volumes, daqueles pelos — e era tudo um para quê, hipóteses. Durante uma semana tiveram aquela revista, ora em casa de um, ora de outro. Viam as moças como estranhas criaturas, irreais, pois não havia na região ninguém parecido, ninguém que as aproximasse da realidade. Depois, ou tomando banho no rio, ou chupando manga, ou levando leite para casa, desbastavam um pouco o mistério das moças em longas conversas de ajuda mútua. Com novos olhos devassavam as meninas da vila, as mocinhas, as mulheres. Aprendiam. De tudo o que viam, concluíram, só Lindinha, filha do doutor Nelson, poderia ser um dia como as moças da revista.

Ficaram mais velhos naquela semana.

Miguel decidiu que já era hora de enfrentar aquele cachorro. Roque refez o canudo, passou a revista pelo buraco do envelope plástico e Miguel foi entregá-la.

No portão dos Fabrini, alerta com o barulho da bicicleta, orelhas em pé, o sentinela negro. Miguel desceu devagar a ladeirinha, para o cachorro entender que daquela vez ia ser diferente. Se fosse necessário, usaria a bicicleta como escudo. O cachorro começou a cumprir sua parte no ritual, rosnando, apesar da inusitada velocidade da bicicleta. Geralmente ela passava e ele ia atrás. Miguel veio freando, diminuindo, coração diminuindo junto. O cachorro se preparou para a corrida, rosnando, latindo, negaceando, mas — surpresa! — a bicicleta parou. O cachorro parou também, murchou as orelhas, abanou o rabo, e veio cheirar pacífico a bicicleta e o menino. Era tudo um jogo, farra de cachorro.

Guido Fabrini veio receber sua revista com alarido de italiano — "Viva! Viva!" —, olhou embevecido a moça da capa, deu-lhe um beijo espalhafatoso nos peitos, deu uma moeda para o menino e se foi.

A gente tem medo é do que não conhece, concluiu Miguel, a caminho da vila, pensando no cachorro e nos peitos.

Entre a meia dúzia de meninos que esperavam uma decisão sobre quem iria ajudar na instalação do circo, o grande mágico Orsini escolheu Roque, por ser forte; Giuseppe, irmão menor de Guido Fabrini, por ser italiano; e Miguel, por ter uma bicicleta.

Roque e Giuseppe trabalhariam na montagem, passando as pontas das cordas da grande lona para os montadores e depois trazendo as tábuas das arquibancadas, que eles fixariam nas ferragens. Um trabalho duro, mas poderiam assistir a todos os espetáculos e levar um parente em duas noites. Miguel ficaria encarregado da divulgação, levando aos lugares mais distantes o papelzinho impresso que especificava as atrações do circo e os dias de espetáculo. O incrível Orsini, como estava escrito no papel, recomendou a Miguel que não deixasse de avisar a todo mundo que o número do cavalo dançarino não seria apresentado porque o animal estava doente. Que ele não se esquecesse, para depois não vir alguém pedir o dinheiro de volta. O trabalho de Miguel não terminaria nos dois dias da montagem, continuaria até que todos os sitiantes, granjeiros, chacareiros, fazendeiros, colonos e moradores da vila estivessem avisados. Um trabalho de muita responsabilidade, preveniu Orsini, e por isso, além da entrada livre, ele ganharia um dinheirinho.

Naqueles dois dias, as mães dos escolhidos quase não viram os filhos, mas sabiam onde eles estavam. A mãe de Miguel disse que seria pouca a recompensa para muito trabalho, que sabia como era gente de circo. O pai achou bom, porque o dinheiro, pouco que fosse, ia ficar para a casa. Miguel contou que também ia ganhar duas entradas para o sábado, e eles poderiam ir.

No segundo dia, Miguel foi conhecer o cavalo dançarino, porque as pessoas queriam saber como ele era e o que iam perder. Era um cavalo branco de nome Black, grande, que ficara doente do coração e dos dentes de tanto comer açúcar como recompensa por não errar seu número. Agora, além disso, estava com gripe. Miguel passou a mão no seu focinho, quente, sinal de febre.

À tarde, depois da distribuição de panfletos, de prestar contas para o incrível Orsini e de ouvir um pouco de suas aventuras, como sempre, foi ver o cavalo novamente. Nenhuma melhora. Alisando o cavalo, esperou Roque ser dispensado, para irem embora. Dali, ouvia a voz de Orsini dando ordens. Não era mau, mas parecia mais esperto do que o necessário.

— Tou com pena daquele cavalo, que ninguém cuida — disse Miguel para o primo, que ia de carona na bicicleta.

— Seu Orsini falou que vai vender ele.

— Quem é que vai querer um cavalo velho daquele, e doente?

— Disse que é pra fábrica de salsicha.

Miguel ficou calado de espanto. Pedalou forte, sem engatar marcha nenhuma, para se cansar e não pensar no cavalo branco virando salsicha. Passaram pelo vira-lata preto dos italianos e Miguel não fez a farra que agora marcava o ritual da carreira do cachorro atrás da bicicleta. Não falou nada até chegarem à fazenda. Quando Roque ia andando na direção de sua casa, perguntou se era verdade.

— O quê?

— O que o seu Orsini falou sobre o cavalo.

— É.

— Mas isso é uma maldade.

Roque não gostava de aprofundar nada. Levantou os ombros, como quem diz é a vida e foi cuidar da sua.

Quando Miguel se sentou no banco da cozinha com o prato de jantar, sua mãe percebeu que ele estava com um problema.

— Mãe, a gente não tem dinheiro pra comprar um cavalo velho, tem?

— Nem pra ganhar — disse a mãe, e aquilo encerrava a conversa.

No dia seguinte, cedo, o menino foi levar panfletos para o pessoal da sede da fazenda.

— Pensei que não ia trazer esse papel aqui pra nós — disse a cozinheira. — Me deram notícia que já levou pra todo mundo.

— Ô Teresinha, não sabe quem podia comprar um cavalo velho não?

— O que é que se vai fazer com um cavalo velho, menino?

— O dono do circo que tá vendendo. É um cavalo dançarino.

— Cavalo aqui é pra se montar. Pra dançar tem os homens.

Miguel sentia que aquela história do cavalo ia estragando seu prazer de ir ao circo. Ofereceu o papel para as arrumadeiras, jardineiro, copeiro, lavadeira. Quem sabe o doutor Nelson compraria o cavalo? Deu a volta na casa-grande e lá em cima na varanda viu Lindinha. Quem sabe ela? Se quis tanto um passarinho sem serventia como o bico-de-lacre, podia querer o cavalo. Só essa ideia lhe deu coragem de subir os degraus e se aproximar da menina, coração apertado por pés de gavião. Não quis se perguntar, por enquanto, por que aquele aperto, atenção concentrada no salvar o cavalo branco. Deu-lhe bom-dia e estendeu-lhe o panfleto do circo.

— A estreia é hoje.

A menina leu, um pouco altiva, segura da perturbação que provocava, menos por sua beleza, de que talvez não soubesse, mas por ser filha do dono de tudo aquilo.

— Eu adoro circo. Vou falar com papai pra me levar.

— O papel fala no cavalo dançarino, mas não vai ter. Ele tá doente.

— É? Também não faz falta, aqui tem tanto cavalo.

— Esse é lindo, todo branco, grande, enorme, lustroso. Mansinho, mansinho. Come na mão da gente.

— E mágico? Eu gosto é do mágico.

— Tem. Ele é que é o dono. É domador de leão, também. Ele tá vendendo o cavalo.

— Porque tá doente?

— Porque tá velho.

A menina não se interessou por mais detalhes sobre o cavalo e o menino decidiu fazer um ataque direto.

— Não quer ele não?
— Já tenho cavalo.
— É pra salvar ele. Se ninguém comprar, seu Orsini vai vender pra fábrica de salsicha.
— Verdade?
— Verdade.
— Fala com meu pai.
— Você não quer falar? Se pedir, ele te dá.
A menina disse que ia ver, entrou, demorou-se um pouco, voltou, e disse que o pai queria falar com ele no escritório. O menino desceu rápido, sem tempo para prestar atenção na beleza dela. A entrada do escritório ficava embaixo da varanda que ocupava toda a frente da casa-grande. Quando ele entrou, o doutor Nelson parou de ler os jornais.
— Então você agora é vendedor de cavalos?
Não sabia se era brincadeira ou censura. Achava sempre difícil entender inteiramente o que diziam os adultos. As conversas deles escondiam intenções, piadinhas ou especulações que não havia nas dos meninos. Ficou mudo, por prudência; para o caso de ser piada, deu um sorrisozinho.
— Como é mesmo essa história do cavalo?
Contou, corado de esperanças, que era um cavalo muito bonito, que estava com febre, que era branco, inteligente, todo branco, lustroso, capado, bem alto, que era ensinado, se chamava Black, que dançava a música *Questa o Quella*, que estava velho, doente do coração, que o dono do circo queria vendê-lo para uma fábrica de salsichas, e argumentou que se ele o comprasse poderia salvá-lo de uma morte horrível, injustiça com quem alegrara tanta gente. Nunca tinha falado tanto.
— Miguel, essa é a lei da vida. É a renovação. O cavalo não serve mais pro dono dele. E não vai servir pra mim.

O menino se apagou como uma lâmpada.

— Ele é bonito, dá gosto de ver.

— Pode trabalhar?

— Não. Muito, não.

— Sabe o que significa o nome Black?

— Não senhor.

— É preto. Estranho, não é?, cavalo branco se chamar preto.

Miguel pensou no seu Orsini, um homem engraçado.

— É. Seu Orsini é assim.

— Tá com quantos anos, o cavalo?

— Mais de trinta.

— Tá louco. Velho demais. Isso aqui não é asilo de cavalo.

Falava num tom de quem ensina.

— Aqui também é assim, Miguel — continuou o homem. — Vaca que passa da idade vai pro corte. Pé de café que fica velho, a gente corta. É a lei da vida.

Miguel não estava mais interessado na conversa.

À tarde, distribuindo panfletos para os lados da cidade, começou a arquitetar um plano, não muito bom, mas um plano. Ia pedir ao seu Orsini para dar uma volta com o cavalo todos os dias, andar pelo campo, para ele respirar, talvez melhorasse. Depois de uns quatro dias, esconderia o cavalo, diria que ele havia fugido. Precisava da ajuda do primo, para se revezarem no tomar conta do doente. Roque achou boa a ideia. Seria como roubar, mas quis ajudar assim mesmo. Ou por isso mesmo, pois Roque não era muito bom da cabeça.

O espetáculo de estreia passou por Miguel sem tocá-lo, porque a emoção maior era o medo

de ser pego como ladrão de cavalo. Seu Orsini gostou de levarem o Black para passear, melhor ainda por ser de graça. Em qualquer lugar teria de pagar pelo serviço.

Durante quatro manhãs o pessoal do circo viu o cavalão sair e voltar com os dois meninos. No quinto dia eles voltaram sós, contando a história da fuga de Black. O incrível Orsini ouviu a história, fez várias perguntas e concluiu:

— Ele aparece.

Black ficou escondido no pasto mais verde e mais distante da fazenda. Miguel e Roque se revezavam no tratamento, botavam água no bebedouro, davam da torta dos cavalos da fazenda, andavam com ele, preso pelo cabresto, para fazê-lo exercitar-se. Desacostumado de pasto, Black comia com gosto a erva fresca. Dormia ao relento nas noites quentes daquele janeiro. Depois do sexto dia entregue à natureza, ensaiava relinchos, experimentando os pulmões, ameaçava corridas, mudava de rumo. Com certeza nunca tivera tanto espaço, e tateava aventureiro na busca de seus novos limites. Ninguém na fazenda suspeitava do hóspede. Dispensado dos trabalhos no circo, Roque ficava mais tempo no pasto, escovava o cavalo, tirava algum carrapato, já conseguia montá-lo; Miguel, mais ocupado, distribuía novos panfletos, anunciando os dois últimos dias de espetáculo, depois ia cuidar de Black.

O incrível Orsini não falara mais no cavalo. De Miguel, só queria saber o que as pessoas estavam achando do espetáculo, se ainda havia muita gente interessada, até onde havia levado os panfletos. Naqueles últimos seis dias contara histórias, aventuras, falara das numerosas cidades que gente de circo conhecia, das mulheres bonitas como as de capas de revista que se apaixonaram por ele.

— Vem conosco, Miguel, viajar. Eu ensino pra você qualquer arte de circo que quiser aprender. Trapezista, domador de leão, palhaço, malabarista. Qualquer coisa que você quiser. Você tem jeito. Teu primo não, parece meio burro, mas você tem cabeça. Vem com a gente, fala com teu pai. Vai ver quantos lugares vai conhecer, quanta novidade pra contar quando chegar aqui.

Miguel pensava: e quando ficasse velho, iria virar salsicha? Na fazenda também não via futuro: doutor Nelson ia mandar seu pai pro corte, quando ficasse velho?

Não disse que não queria ir. Sabia que até ficaria tentado, se não fosse aquela história da fábrica de salsicha. Só disse que ia conversar com os pais.

— Tá bom. E amanhã cedo a gente acerta as contas.

Miguel não perguntou quanto ia receber. Esperava alguma coisa compensadora, porque na verdade havia trabalhado muito, todos os dias. Lembrou-se da desconfiança da mãe com relação à gente de circo.

No dia seguinte, o incrível Orsini, muito bem disposto, chamou-o para uma volta de jipe, deixasse lá a bicicleta. Fora muito boa a temporada, dizia Orsini dirigindo, o trabalho dele fora muito importante. Logo na saída da vila ele surpreendeu Miguel:

— Muito bem. Agora me leva aonde tá aquele cavalo.

Olhava para o menino com uma cara boa, quase animando-o com um vamos lá, sem parar o jipe. Miguel não disse nada, não tinha coragem de olhar na cara do homem. Ladrão de cavalo, pensava. O homem continuou a contar casos, até alegre. Sabia o tempo todo que o sumiço do cavalo era mentira, pensava Miguel, humilhado. E não tinha a menor dúvida de que o levaria até lá, falante, enquanto dirigia e esperava as indicações. Logo chegaram à encruzilhada. Mudo, Miguel indicou com a mão, à esquerda, a estrada da fazenda. Aquele homem cheio de surpresas perguntou se ele havia falado com os pais sobre viajar com o circo.

— Ainda não — ele disse, quase sem voz.

O pior na vida de circo é não se poder estudar, dizia o homem, e explicava que se fazia outro tipo de aprendizagem, outra relação com as cidades, com a posse de coisas, com o amor, com a família. Miguel foi indicando os caminhos à direita e à esquerda, ouvinte mudo e perturbado, até chegarem ao pasto onde estava Black. Roque, sentado na porteira à sombra de uma árvore, empalideceu à chegada do jipe. O incrível Orsini sorriu para ele, enquanto olhava no pasto as carreiras do cavalo branco.

— Que beleza!

Assobiou, o cavalo veio, alegre, remoçado. Reconheceram-se, em palmadinhas, relinchos e torrãozinho de açúcar.

— Beleza!

Foi até o jipe, botou bem alto a fita com o arranjo especial da marchinha *Questa o Quella*, de Verdi. O cavalo moveu as orelhas, estacou, e em pleno verde do campo apresentou seu número, incentivado pelo incrível Orsini. Pela primeira vez naqueles dias Miguel pôde sentir a emoção do circo, e chorou. Chorou por tudo, pela humilhação, pelos dias de angústia, por todos os cavalos que viravam salsicha, pelas vacas que iam para o corte, pela beleza do cavalo dançarino.

Voltaram para a vila em silêncio, vagarosamente, Roque sentado atrás segurando o cavalo pela rédea. Qual seria a punição? Miguel não aguentou mais o constrangimento.

— Desculpe, seu Orsini. Eu só queria salvar o cavalo da morte na fábrica de salsicha.

— O que vocês fizeram foi roubo.

— Não, não ganhamos nada com isso.

— Iam ficar com ele.

— Nem pensamos no que ia acontecer depois, a gente só queria salvar o cavalo.

O homem ficou mudo, até o fim da viagem. Por que tão alegre para ir, tão calado para voltar? Quando chegaram, mandou Roque botar o cavalo na cocheira.

— Tá bom, eu acredito em você. O cavalo vai voltar ao espetáculo, mas não por muito tempo. E aí? Vão comprar ele? Com que dinheiro?

— Quanto é que o senhor vai me pagar?

— Nem se fosse cinquenta vezes mais. Posso fazer um trato com você.

Miguel se lembrou novamente da opinião da mãe sobre gente de circo.

— Esse dinheiro você me dá de entrada. Aí eu te proponho uma adivinhação e se você resolver leva o cavalo sem me dar mais nada. Se não resolver, perde o que já deu e eu vendo o cavalo pra fábrica de salsicha. A adivinhação é a seguinte: que coisa que é branca de manhã, vermelha à tarde e preta à noite?

— Branca, vermelha e preta...

— Não precisa responder já. O cavalo viaja com o circo, mas antes do fim do ano passamos por aqui, de volta. Se você tiver a resposta, fica com o cavalo. Tá bom assim?

O menino entendeu que aquele era o castigo,

ficar com o destino do cavalo nas mãos, por muitos meses.

— Se não...

— Você fica com o dinheiro e eu com o cavalo.

Miguel foi pegar sua bicicleta, atitude que o grande Orsini entendeu como dar-se tempo para pensar. Olhou o cavalo mais uma vez, passou a mão no seu focinho e veio trazendo a bicicleta pelo guidão.

— Tá bem — disse ao homem. — Eu topo.

Não tinha coragem de encarar o incrível Orsini. Veria, se olhasse, um homem pensativo. E se tivesse experiência de vida poderia suspeitar que o homem hesitava entre a própria esperteza e a justiça. Lá, do outro lado da rua, Roque já o esperava, depois de ter dado uma volta para não passar pelo homem.

— Ei garoto!

Voltou-se, e seu Orsini vinha vindo, mão no bolso, tirava um bolo de dinheiro, separava umas notas, dava-lhe.

— Pelo teu serviço de veterinário. Dá uma pro teu primo.

E o incrível Orsini voltou a ser o mesmo, alegre e espalhafatoso.

— Pensa na proposta de vir com a gente — falou alto. — Não precisa responder já. Antes do fim do ano, quando a gente voltar.

Miguel agradeceu e foi saindo.

— Seu Orsini!

O homem se voltou.

— Cuida bem do meu cavalo.

Ele também voltara a ser aquele menino.

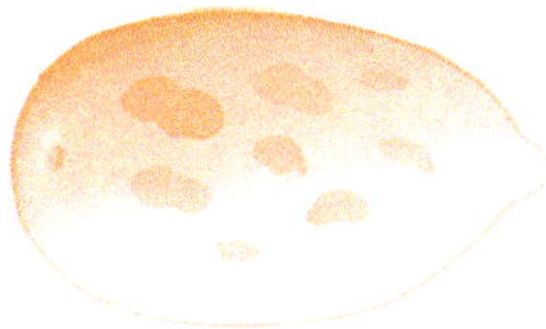

É tempo de manga.

No mais alto galho da mangueira enorme, a manga engordava. Coube-lhe, no seu acrescentar--se de fibras e sumos, o privilégio de um galho robusto, a luz intensa da manhã, o primeiro calor do sol a cozinhar seus açúcares e abrandar seus ácidos. Em poucas semanas a manga ultrapassou suas vizinhas, única.

Em certa manhã de fevereiro, Miguel e a manga se encontraram, quando ele foi entregar a correspondência e os jornais na sede da fazenda. A quem pertence uma manga no pé? Apesar de a mangueira ficar em frente da sede, Miguel reservou-a para si.

Seria preciso apanhá-la antes que alguma ventania a esborrachasse no chão. Necessário também esperar que ela adquirisse aquela cor misturada de rosa e amarelo, indicadora de ter chegado ao ponto, ao limite de doçura. Adivinhar o momento certo passou a ser um jogo entre ele e a natureza.

Enquanto não chega a hora, Miguel estuda estratégias, todas as manhãs, ao passar por ela. É uma fruta dificílima de ser apanhada, na ponta já frágil do galho. Nunca poderia chegar até ela trepando na árvore: não havia, por perto, um galho forte onde se apoiar. Poderia, nessa manobra arriscada, sacudir o galho e provocar a queda desastrosa da manga, em vez de colhê-la.

Ora se coloca embaixo da mangueira, tentando vislumbrar o trajeto da manga na queda; ora toma distância para estudar o trajeto sob outra perspectiva. Quando ela se soltasse, seria uma queda veloz e fatal.

Para prevenir um acidente ou erro de cálculo, junta todas as folhas que encontra debaixo da árvore e faz um grande monte, uma espécie de colchão, onde acredita que a manga cairia, se caísse. Para, com a sensação incômoda de estar trapaceando no jogo. Desfaz o monte de folhas. Quer jogar limpo, riscos em partes iguais.

Da varanda da casa-grande, uma cabecinha loura observa curiosa sua atividade, sem compreendê-la.

Miguel sente que está chegando o momento. Deita-se a pouca distância da árvore e namora a manga bojuda. Divaga, pensa no cavalo dançarino, no enigma que teria de resolver sobre a coisa que é branca de manhã, vermelha de tarde e preta de noite, no retorno às aulas, no reencontro da turma...

— Ô menino! Ô menino!

Acorda do cochilo com a voz de Lindinha, lá da varanda. Para ela também as férias estavam no fim. Vai até lá, sempre sem entender por que seu coração pula tanto quando fala com ela.

— Tá vendo aquela manga ali? Ali! Aquela grande!

Ele já temia que fosse aquela, disfarçava:

— Qual?

— Aquela, naquele galho mais alto. Não tá vendo?

Recusava-se, esquentando de raiva por dentro:

— Não.

— A maior de todas, ali. Tá vendo?

Era ela! Não dava mais para fugir:

— Tou.

— Apanha ela pra mim?

Miguel se enche de coragem:

— Aquela manga é minha. Eu vi primeiro.

Como se fosse uma terra descoberta, um continente: eu vi primeiro. Desce, almirante de caravelas, e nem discute seus direitos. Quem dera que as férias já tivessem terminado, que ela já tivesse voltado para São Paulo, para a mãe dela, para a vida dela. Não tinha nem hipótese de lhe dar aquela manga.

Dois dias depois, já não podem suportar a espera, nem ele nem a manga. O plano: fincar quatro bambus sob a mangueira, em quadrado, no ponto exato tantas vezes estudado, e nas suas pontas amarrar fortemente os quatro cantos de um lençol. Nesse dossel, cairia pesadamente a manga, um susto apenas, sem ferimentos. Para derrubá-la, vinha treinando todos os dias com o estilingue, acertava cinco tiros em dez. Tinha de atingir o caule, acima da fruta.

Da varanda a menina observa curiosa sua engenhosa atividade, intrigada com os bambus, com o lençol, com a espécie de berço que vê tomar forma. Depois ela o vê experimentar a firmeza do lençol e se afastar. Vê quando ele tira do bolso de trás o estilingue e do bolso esquerdo da frente algumas pedras. Escolhe uma, devolve as outras ao bolso, e ajeita-a com muito cuidado no meio exato do courinho da atiradeira. Toma posição, olha a manga, levanta os braços e faz pontaria. Começa a esticar o elástico, vagarosamente, corrigindo a posição a cada esticada, até a tensão chegar ao ponto máximo, e então os dedos da mão esquerda se abrem, a bala parte.

Na mosca! A manga, lapt lapt lapt nas folhas, desaba. Miguel a vê escorregar macio para o fundo do lençol, sã e salva.

Lindinha aplaude seu súbito herói.

Ele mal ouve, corre até a manga, apalpa-a, cheira-a. Está no ponto. Com a boca cheia d'água, prepara-se para afundar os dentes na carne amarela e fibrosa, até o nariz, caldo grosso a escorrer pelo queixo. De lá, vê a menina na varanda, olhando-o. Vira-se de costas, não dá certo, continua a vê-la.

Luta pela segunda vez contra o poder de Lindinha, derrotado por antecipação. Perde o prazer de morder a fruta. Amolece o corpo, já sem vontade e determinação, volta-se, sobe as escadas e entrega-lhe a manga, que mal cabe em suas mãos. Ela diz obrigado, bem educada, linda, e entra na casa.

Miguel se demora um pouco, sozinho, ouvindo os passos dela no assoalho de madeira, depois olha a mangueira, o galho onde estivera pendurada a manga fantástica. Faz pontaria com um estilingue imaginário, atira dizendo "pá!", baixinho, faz um gesto de vitória e começa a descer as escadas. Ouve os passos de Lindinha novamente e se volta. Com um gesto delicado ela lhe entrega uma gorda talhada da manga, ainda na casca, recendendo seu perfume.

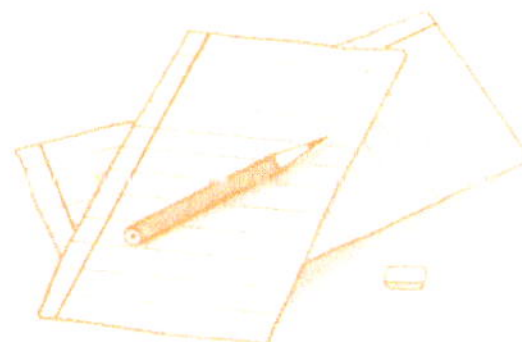

A professora era nova. E no primeiro dia de aula apareceram dois meninos novos. Um chegou sem caderno, sem lápis, sem merenda, aula já pela metade. Não era ainda uma aula, a professora estava explicando como iam ser as coisas naquele ano, os livros e cadernos que teriam de ter, as matérias do curso. Ela perguntou se ele era o Cícero, ele confirmou, ela o mandou entrar. O outro era nissei e estava caladinho na primeira fila de carteiras, desde o começo da aula.

A professora pediu a todos que escrevessem uma composição bem curta, apresentando-se e dizendo o que queriam ser na vida. Depois mandou que cada um lesse lá na frente o que havia escrito.

Giuseppe escreveu: "Meu nome é Giuseppe Fabrini. O meu pai está em São Paulo ajuntando dinheiro pra ser dono de restaurante. Meu avô veio pro Brasil porque queriam matar ele. Se não fosse isso eu estava na Itália, jogando no Napoli. Quando eu crescer eu vou ser jogador de futebol do Napoli".

Roque: "Eu me chamo Roque. Meu pai e minha mãe trabalham na fazenda do doutor Nelson.

Eu sou muito burro. Todo mundo na minha casa me chama de burro. Eu bem que pelejo, mas nada entra na minha cabeça. Eu quero ser peão de rodeio".

Miguel riu demais, junto com toda a turma. Por isso que diziam que o primo Roque não era bom da cabeça. Ia mal na escola, esteve a ponto de ser expulso por indisciplina, desorganização, rebeldia, falta de cumprimento dos deveres, mas não desgostavam dele completamente. Tinha um sorriso irresistível.

Kazuiko escreveu: "Eu já vi a lua 4128 vezes. Meus pais vieram de Bauru e meus avós do Japão. Eu não gosto de plantar nem de colher. Eu gosto de estudar porque é limpo e fresquinho. Eu queria ser astronauta, mas o Brasil e o Japão não têm astronautas, então eu quero ser piloto de avião. Meu nome é Kazuiko Matsumoto".

A composição de Miguel: "Eu quero conhecer o mundo. A gente não é obrigado a viver no lugar que nasce. Diz que em São Paulo nem de avião se consegue ver a cidade toda. No Egito a gente anda dias e dias sem ver um pé de árvore, só areia. No Amazonas tem cidade em cima da água. Eu quero ser viajante para ver o mundo todo. Meu nome é Miguel Arcanjo".

A professora olhou para ele com curiosidade, de alto a baixo. Depois chamou o próximo. Cícero foi lá na frente e não leu, falou:

— Me desculpem os colegas/ eu não trazer um papel./ Para contar minha vida/ não preciso de escarcéu./ Nasci pobre, vivo pobre,/ da vida não tomo o mel,/ e dela tudo qu'eu quero/ é ser cantor e ir pro céu.

Miguel, embalado pela fala rimada e meio cantada de Cícero, bateu palmas. Sempre se entusiasmava quando alguém fazia com facilidade alguma coisa que ele não faria nem com muito esforço. A classe o acompanhou, naquela espécie de solidariedade que acontece quando alguém bate palmas sozinho. A professora abreviou os aplausos, irritada.

Juverci leu: "Meu nome é Juverci Santos e eu quero ser médica ou enfermeira ou professora. E eu quero morar em Tietê para não ter de casar com esses moleques daqui de Vila das Pedras".

E assim foi com os vinte e dois alunos da quinta série. A professora disse que se chamava Soraia, que nascera em Olegário, formara-se em Sorocaba e morava em Tietê, que era severa, mas justa, e não admitia barulho na aula nem falta de cumprimento dos deveres. Se andassem assim, tudo iria dar certo entre eles. Deveria ter uns trinta anos e não sorria.

Miguel achou aquele o melhor começo de aulas que tiveram. No recreio conheceu Kazuiko. O pai dele era vizinho e novo sócio da plantação de frutas do senhor Oushi. Fora sócio de um farmacêutico em Bauru, mas vendeu sua parte depois que a farmácia foi assaltada. Não queria mais morar em cidade. Contou que o jovem senhor Oushi, neto do velho senhor Oushi, ia chegar na semana próxima.

Cícero ficou isolado. O show que ele havia dado intimidara a turma, não tinham nada a lhe oferecer, ou a lhe opor: só conseguiam negar-se. Miguel o rodeou, rodeou, tentando ser um igual, e quando já chegava perto, junto com Roque, soou o sinal. A professora deu sua primeira aula sobre o homem na pré-história. Tanta coisa haviam inventado, o machado, o anzol, o sapato, a roupa, a roda, a lança, e ninguém nunca saberia

O que eu quero
ser na vida?
x = 10
y = 3,5
ESTIVE AQUI

quem foi. Hoje inventam qualquer bobagem e assinam o nome. Dona Soraia falava como quem reclama da vida.

No fim da aula, Miguel se chegou logo para perto de Cícero e perguntou se ele queria ir para casa de bicicleta. Ia só pegar umas encomendas no armazém do seu Michel e depois podiam ir. Cícero contou que estavam morando perto de Vila das Pedras, para o lado da cidade. Não era seu rumo, mas Miguel queria saber como era aquilo de sair falando poesia como quem conversa.

— Isso vai de pai pra filho,/ foi poeta o meu avô,/ fazer rima é dom de sangue/ e esse talento ele herdou/ do pai do pai do pai dele./ Só meu pai nega essa raça,/ nasceu pra ser lavrador.

Era o segundo de seis irmãos e haviam chegado do Nordeste em janeiro. O pai e a mãe estavam colhendo laranjas em uma granja. Rodaram bem para lá de onde ele fora distribuindo panfletos do circo.

Não era uma casa, não era uma família. Era um bando acampado sob lonas, fumaças debaixo de caldeirões, criançada, gente cor de couro ensebado, homens, mulheres, molambos. Só os pais de Cícero haviam conseguido trabalho temporário.

— E quando acabar a colheita de laranja?

— Deus ajuda.

Miguel comparou com outro acampamento que conhecia, o do circo. Aventuras. Um dia, quando fosse embora de Vila das Pedras, seria melhor ir com o circo. Cícero levou-o até a avó. Ela e os netos comiam da mesma cuia de farinha, com a mão. Sorriu sem dentes:

— Deus tira o dente mas abre a goela. Ele é bom?

Miguel não sabia se era uma pergunta para

ele ou para ela mesma. Olhou em volta, sem responder. Um menino fazia xixi no fogo.

— Pobre migrar hoje em dia é só pro céu. Se fizer por onde ir pra lá.

Miguel contou cinco abrigos de lona cáqui, da cor das pessoas, escoradas por paus cortados no mato. Quando soubesse, o dono do terreno ia tirar aquela gente dali. A mulher gostou de ter com quem falar:

— A gente deve ser igual uma árvore. Se mudar ela de lugar todo dia, ela morre. Num lugar só, ela vive. Gente é igual.

— Ô vó, vê se não aborrece/ o nosso amigo Miguel/ ele quer correr o mundo/ bem antes de ir pro céu.

Cícero tinha vez que se distraía e falava rimado, outras vezes se distraía e falava como todo mundo. Mostrou onde dormiam os pais, os irmãos e a avó. O pai queria que ele estudasse porque, dizia, quem não conhece leitura carrega a fome no bolso. Miguel disse que tinha de entregar umas coisas, mas não estava era conseguindo absorver tanta novidade de uma vez, atordoado.

— Só quero ver o que Deus vai fazer — disse a velha.

Miguel saiu depressa, mais fugindo dali do que indo para casa. Parou para entregar à senhora Oushi um pacote que seu Michel havia mandado, encomenda dela, disse ele. A senhora Oushi queria sempre que ele entrasse para tomar chá, ele sempre dizia que não podia, talvez outro dia. Na verdade não gostava daquela água quente balançando na barriga, então dizia que tinha de fazer outras entregas, não dava tempo. Ela era tão delicada que algum dia teria de tomar aquele chá, mas sempre adiava.

— Choiô, boroto bambu, wasabi, gengibre — disse ela sorrindo amável, conferindo a encomenda. — É para neto, Migué-san.

Convidou-o para tomar o chá e Miguel aceitou. Encostou a bicicleta no mourão da porteira e entrou pelo caminho margeado de caquizeiros de um lado e macieiras de outro, todos carregadinhos. O senhor e a senhora Oushi plantavam aproveitando cada metro do terreno, da cerca até a porta da casa. Na sala, os móveis, objetos e cortinas lembravam uma gravura, não uma casa como as que ele conhecia. Sentou-se a uma mesa baixinha, numa almofada.

— Oushi-san quer casa igual Japom. Cabeça no Japom, coraçom aqui com filha.

Trouxe o chá, serviu-o numa xícara sem alça. Miguel tentou pegá-la pela borda, porém a ponta do polegar se afundava no chá quente. Ela segurava com as pontas dos dedos das duas mãos, e ele a imitou. A senhora Oushi sorriu aprovando. Eles eram como os nordestinos, pensou Miguel, tinham vindo de muito longe. Será que ficaram assim, jogados na estrada, quando chegaram? Lembrou-se da velha sem dentes: pobre migrar hoje em dia é só pro céu. Quem sabe os nordestinos da estrada teriam um dia uma casa como aquela? Então ele desconfiou de que havia aceitado aquele chá para falar dos nordestinos.

— Senhora Oushi, tem um pessoal acampado na estrada precisando de trabalho. Vocês não querem contratar eles pra colher caqui?

— Oushi-san tem sócio agora. Com filho Kazuiko. Faz tudo. E neto vem, ajuda.

É isso. Aquela gente lá na estrada não deveria ter vindo assim, na aventura, pensa Miguel. Viesse um, arrumava trabalho, chamava outro. Agradeceu o chá, disse que tinha mais entregas para fazer, e foi. Os italianos também não tinham trabalho para gente de fora. Guido, Giuseppe, dona Rosana e o senhor Franco se bastavam no plantio e colheita de tomates, alcachofras e cogumelos. O senhor Franco vinha de São Paulo, toda vez, e ia chegar para colher tomates. Miguel desistiu. Novamente lembrou-se da velha: só quero ver o que Deus vai fazer.

Dirigiu-se ao escritório da fazenda, de coração leve porque na época das aulas Lindinha morava com a mãe em São Paulo. Deixou os jornais e a correspondência. Doutor Nelson conversava com o administrador e pediu que ele esperasse. Tratavam da contratação de mãos para a colheita de café. Quando o administrador saiu, doutor Nelson deu uma olhadinha pouco interessada nas sobrecartas, nos jornais, depois seus olhos procuraram Miguel, e logo fugiram, inquietos.

— E então — disse ele —, como foi a primeira aula?

— Boa — disse Miguel.

— Muita novidade?

— Mudaram a professora. Agora é uma moça.

— Bonita?

Miguel não sabia. Bonita para ele era Lindinha.

— É, acho que é — disse Miguel. — Ela é meio triste.

— Triste?

— É, não sei. Parece. Ela quase não ri.

— Ora, Miguel, aula não foi feita pra rir.

— É que tinha umas horas meio engraçadas e ela não ria.

— Que mais?

Miguel achou que ele estava querendo mudar

de assunto. O homem botou a mão no bolso, depois tirou.

— Tem também dois meninos novos — disse Miguel. — Um é poeta.

— Poeta?

— É, fala rimado. Ele tá morando acampado na estrada de Tietê.

— Ah, é daquela gente?

— O senhor já viu eles?

— Já.

— O senhor falou com eles?

— Eu não. Pra quê?

— Eles tão procurando lugar pra trabalhar.

— Aqui é que não há de ser.

— Eles tão passando fome.

— Ah, isso não é problema meu, é do governo.

Doutor Nelson parecia um pouco irritado e Miguel achou melhor esperar pelas suas ordens.

— Como é que se chama a sua professora?

O homem estava jeitoso novamente.

— É Soraia.

— Nome de princesa.

— É.

Miguel não sabia se era ou não, mas não tinha outra coisa para dizer. O homem sentou-se à mesa, pegou papel, caneta, escreveu sem pressa, dobrou o papel, grampeou-o em dois lugares e o entregou a Miguel.

— Olha, amanhã dê isso pra sua professora. E seja discreto.

Miguel não sabia o que pensar daquilo e nem queria pensar. O homem mudou depressa de assunto, dispensando-o:

— Pode ir. Vou mandar uma comida praquele povo da estrada. Mas é só por hoje.

Por que seu patrão mandaria um bilhete para

sua professora? O papel ardia no seu bolso, no seu sono, no bolso novamente pela manhã, pedalando com Roque para a escola. Poderia estar falando dele, de... — de quem mais? De Cícero? Doutor Nelson conhecia dona Soraia?

Entrou na sala de aula, a professora ainda não estava lá. Disfarçando, deixou o papel na mesa dela e depois ficou de olho naquele escândalo branco, que ninguém mais parecia notar. Não conseguia participar da algazarra que precedia a entrada da professora: tomava conta do bilhete, de longe. Quando ela chegou, pegou o papel e imediatamente olhou para ele, que baixou os olhos, confusamente culpado. Ela o guardou no bolso, sem ler, e começou a aula.

No intervalo Miguel conversou com Cícero, ficou sabendo que alguém — um homem de carro, com uma mulher que não desceu — fizera muitas perguntas, entregara carne, arroz e feijão no acampamento. Cícero contou que foi com outros meninos ver o carro e era a professora Soraia que estava lá dentro!

— Ela?!

— Ela mesmo.

— Falou com ela?

— Não. Me escondi.

— Por quê?

— Sei lá.

Depois do intervalo a professora explicou que a pintura era a arte mais antiga que havia, que os homens pré-históricos pintavam figuras de animais nas paredes das cavernas. Nunca pintaram dinossauros, por isso se sabe há mais de quinhentos anos que todos os dinossauros morreram antes de aparecer o homem na Terra. Sorriu quando Giuseppe disse que tinha visto numa revistinha um homem com um machado de pedra trepado num dinossauro e falou para ele ler algum livro em vez de revistinha. Mesmo rindo ela parecia que não ria, achava Miguel. No fim da aula, quando saíam, ela o chamou, esperou que todos se fossem, e entregou-lhe um papelzinho dobrado, sem dizer uma palavra. Era um segredo entre eles, sentiu, e ele amou-a por isso e achou-a lindíssima.

Não deu conversa a ninguém, nem carona, passou no seu Michel às pressas, pegou o que tinha de pegar e correu para o destinatário daquele bilhete sem nome, como se a vida deles dois dependesse da sua pressa. Corria da própria ansiedade e estacou ao ver o doutor Nelson tranquilo diante do computador. Entregou primeiro o bilhete, depois os jornais e as cartas. Ele leu o bilhete, olhou para o teto meio sorrindo e fechou os olhos. Quando saiu do seu devaneio, Miguel ainda estava ali, escudeiro.

— Miguel, aqueles seus amigos da estrada: eles nunca viram um pé de café.

— É, acho que não.

— Eles não têm noção de como se colhe o café.

— Não sei, acho que não.

— Ali tem mais menino do que gente.

— É, tem muito.

— Aqueles meninos só iam atrapalhar.

— É.

— Um ou dois adultos trabalhando no meio de quem já sabe o serviço acabariam aprendendo. Mas ali tem quantos? Tem uns doze.

— Oito.

— Que seja. Iam é atrapalhar o trabalho dos outros.

— O senhor que sabe...

— E depois que acabar a colheita, pra onde é que eles vão? Vão querer ficar por aqui.

— É, pode ser.

— E aí, que é que eu vou fazer com essa cambada aqui? Quer me dizer?

— Uai...

— Vou triplicar os pés de café mas é com peão de café, não é com plantador de feijão e macaxeira. Essa gente não sabe nada de lavoura aqui do Sul.

— É, não sabe.

— Claro que não. Só conhece enxada.

— É.

— E tem mais: logo que arrumam lugar, os que tão aqui escrevem pra os que tão lá, e vem outra leva.

Miguel não disse mais nada. Perdido o interlocutor, doutor Nelson se calou. Olhou outra vez o bilhete que ainda estava em sua mão, as cartas em cima da mesa, o jornal. Olhou as notícias da primeira página, depois bateu com estrondo o jornal na mesa:

— Que inferno! Mas que inferno! Me chama aí o administrador! Eu vou botar essa cambada aqui mas tem uma coisa: acabou a colheita eles vão embora! Não sou governo! Se ficar algum, tem de ser melhor do que os daqui!

Miguel saiu depressa antes que ele mudasse de ideia. Gostaria de saber o que estava escrito naquele bilhete. Suspeitava que havia nele alguma coisa ligada à decisão do doutor Nelson.

Cada vez entendia menos seu patrão. Ou mais.

Kazuiko — Kazu, para a turma — faltou um dia, dois, três. A professora perguntou se alguém que morasse perto dele poderia ver o que estava acontecendo. Não era seu costume ir atrás de alunos, disse ela, severa como sempre, mas era seu dever avisar aos pais sobre alguma anormalidade no comportamento de qualquer um deles. Miguel disse que passava na porta dele todo dia, poderia parar lá para saber. Outro que estava faltando era o Giuseppe, mas tinha avisado: naquela semana a família toda ia colher tomates, perderiam tudo se deixassem avermelhar. Tomates para o mercado tinham de ser verdes.

Kazu poderia ter-se chateado de verdade com alguma brincadeira, era o que todos pensavam. Na última haviam escondido todos os seus cadernos durante o intervalo, e ele aguentou, calado e tímido, sem condições de anotar nada, até o fim da aula. Só devolveram seu material quando ele já estava indo para casa, olhos cheios de lágrimas. Os novos alunos, como sempre, eram as vítimas preferidas; Cícero escapara por causa de sua estreia impressionante. Chatear Kazu dava-lhes um gosto especial, e sua ausência só a alguns preocupava.

— Vai ver tá doente.

— E não avisa?

— Japonês é assim.

— Eu não confio em japonês — disse Juverci.

— Nem eu.

— São muito traiçoeiros.

— Quem falou?

— Meu pai não gosta deles.

— Nem meu pai, nem minha mãe.

— Eles fizeram alguma coisa com seu pai?

— Eles são muito fechados.

— Não são amigos de ninguém.

— Primeira vez que eu vi um japonês foi aqui. Na Paraíba não tem japonês.

— Claro que não. Quê que eles vão fazer lá, se não tem água pra plantação?

— Quem falou que eles são traiçoeiros?

— Meu avô diz que na guerra eles matavam pelas costas — disse Juverci.

— Seu avô foi na guerra?

— Foi.

— E ele matou alguém?

— Matou muitos, mas só pela frente.

— Matou japonês?

— Um monte.

— Não foi isso que a dona Soraia ensinou, não.

— E ela sabe lá o que o avô da Ju fez?

— Ô seu besta, ela falou que o Brasil lutou foi na Itália. Como é que vem a Ju falando agora que o avô dela matou japonês?

— Só se foi sonhando.

— Eu não acho que eles são traiçoeiros. O Kazu nunca fez nada com ninguém, aqui. A gente é que encheu o saco dele.

— É, mas não vê como ele é calado?

— Que que tem, ser calado?

— Se ele não pode falar o que tá pensando, é porque tá pensando coisa ruim.

— Pensar não tira pedaço.

— É, mas uma hora ele faz.

— Faz o quê?

— Coisa ruim.

— Eles são egoístas, só pensam neles — disse Juverci.

— Eles vêm pro Brasil mas só vivem entre eles, não conversam com a gente.

— O senhor Oushi nem fala brasileiro e meu pai disse que ele mora aqui há mais de quarenta anos.

— Ele sabia e desaprendeu — disse Miguel.

— Dá no mesmo.

— O neto dele não sabe falar nem bom-dia em brasileiro.

— Claro que não, seu besta. Você por acaso sabe falar japonês?

— É, mas eu moro aqui.

— E ele chegou tem cinco dias, como é que vai saber?

— Meu pai disse que eles nunca vão ser brasileiros porque eles não jogam futebol e não dançam.

— Como não jogam futebol se eles tão levando os jogadores brasileiros pra lá pro Japão pra ensinar eles?

— Lá pode ser, mas aqui não jogam.

— Claro, tudo perna de pau.

— Eu não ia querer o Kazu no meu time.

— Minha mãe diz que eles não acreditam em Deus — disse Juverci.

— Eles não vão à igreja.

— Não têm religião?

— Parece bobo, Roque. Já viu religião sem Deus?

— O senhor Oushi tem um cantinho em casa que tem uma lamparina sempre acesa, como um altar — disse Miguel.

— Diz que eles comem peixe cru.

— Eca!

— Lá em casa eles falam que japonês trabalha muito.

— E daí? Meu avô diz que eles mandam o dinheiro todo pro Japão.

— É o país mais rico do mundo.

— Quem falou isso?

— Seu Michel do armazém.

— Ah, ele não sabe nada. Mais rico é os Estados Unidos.

— Se é tão rico, por que que eles vêm pra cá?

— Não, não vêm mais não.

— Que não vêm. O neto do senhor Oushi não veio?

— Passear. Nem ajudar o avô não ajuda.

— É, não ajudam ninguém.

— Não gostam de ninguém — disse Juverci.

— Quem disse que não?

— Todo mundo fala.

— São egoístas — disse Juverci.

Roque cochichou no ouvido de Miguel:

— Ela queria namorar o Kazu.

Miguel riu da piada do primo e a sineta tocou encerrando o recreio.

Alguma coisa estranha acontecia na casa dos Matsumoto: não havia ninguém. Miguel chamou do portão, bateu palmas: ninguém. O portão não estava trancado e ele entrou, chamando por Kazuiko, bem alto, depois pelo senhor Matsumoto, depois gritou várias vezes "ô de casa!", e ninguém atendeu. Entrou na casa, que estava de porta fechada mas não trancada, e não havia lá ninguém, na sala, na cozinha, nos quartos. Camas feitas, cozinha arrumada.

Foi procurar o vizinho, senhor Oushi, talvez ele soubesse de alguma coisa. Chamou: ninguém. Entrou, procurou o casal e o neto por toda a plantação, e nada. O coração de Miguel foi ficando pequeno, pequeno, e ele achou que deveria chamar algum adulto. O Guido Fabrini era legal, morava perto. Pedalou forte, perseguido por um medo impreciso, saltou correndo na porteira dos italianos, entrou gritando:

— Guido! Guido!

Para sua surpresa, surgiu um japonês desconhecido, falando uma língua incompreensível. Miguel respondeu numa língua incompreensível para o outro e ficaram momentaneamente parados, imprestáveis para qualquer comunicação. O japonês gritou alguma coisa lá para trás, que pareceu aos ouvidos desavisados de Miguel algo parecido com "Matsu". Daí a pouco, outra surpresa:

— Kazu!

— Miguel!

O japonês, ao ver o reconhecimento dos dois meninos, desapareceu.

— Eu tive lá na sua casa, não tinha ninguém. Fui na casa do senhor Oushi, também não tinha ninguém. Aí eu fiquei com medo de ter acontecido alguma coisa e vim aqui, procurar ajuda. Quem é aquele japonês?

— Shisato, é o neto do senhor Oushi.

— Você fala a língua dele?

— Nada, não entendo nada.

— Seu pai não é japonês?

— Brasileiro.

— E seu avô?

— Brasileiro. Pai dele veio do Japão, no primeiro navio.

— Que que vocês dois tão fazendo aqui?

— Colhendo tomate.

— E os seus pais?

— Colhendo tomate.

— E o senhor Oushi?

— Tá aqui, colhendo tomate.

— E a senhora Oushi?

— Também colhendo tomate.

— Todo mundo colhendo tomate?

Miguel sorria, relaxado e começando a achar aquilo divertido.

— Todo mundo colhendo tomate — disse Kazu, sorrindo, corado de sol e também achando divertido.

— E os italianos, cadê eles?

— Tudo doente. Caxumba.

— Ai, que dói! Já tive.

Guido e Giuseppe não podiam se mexer, estavam de repouso absoluto por ordem do senhor Matsumoto, prático de farmácia. O senhor Franco é que estava pior, tivera convulsões, sentia dores nos testículos. A senhora Matsumoto fazia sopa para todos.

— A gente só entra na casa com máscara de médico e de duas em duas horas desinfeta a boca, bochechando com água e sal — disse Kazu.

Havia quatro dias Guido fora até a casa dos Matsumoto pedir ajuda porque estavam todos com febre alta, garganta inchada, vômitos, muita dor.

— Meu pai disse que é a caxumba mais forte que ele já viu.

Os italianos não queriam ficar de cama de jeito nenhum, mesmo ardendo de febre, porque tinham de colher os tomates, ninguém compra tomate maduro.

— Então a gente veio colher os tomates pra eles — disse Kazu, rindo, apertando ainda mais o risco dos olhos, achando aquilo cada vez mais divertido. — Cem caixas!

— Cem! Nossa!

— Cento e cinco! E ainda tem tomate. Mas amanhã acaba.

— Quem é que leva o tomate?

— Um caminhão vem buscar.

Miguel ficou pensando na conversa daquela manhã, na escola.

— Você vai à aula amanhã?

— Só na sexta.

— Dona Soraia é que pediu pra eu saber.

— Ela tá brava?

— Queria saber o que você tava fazendo.

— Fala que na sexta eu vou.

— Tá.

— Depois você me passa o que ela deu?

— Tá bom.

A conversa da manhã continuava na cabeça de Miguel. Ainda bem que os pais dele nunca falaram aquelas coisas. Também nunca teriam ouvido coisas assim dos pais deles. O cochicho do primo Roque no fim daquela conversa da manhã talvez explicasse a opinião de pelo menos uma pessoa sobre os japoneses.

— Kazu, me fala de verdade: a Juverci quis te namorar?

Kazu ficou ainda mais rubro do que estava e não disse nada. É verdade, pensou Miguel.

— Eu subo ou desço, meu filho?

Miguel estava saindo da venda do seu Michel quando a mulher preta, magra, usando um vestido de algodão branco, o abordou. Nunca a tinha visto em Vila das Pedras. Parecia preocupada, ou mais do que isso: aflita.

— A senhora quer ir pra onde?

A pergunta, que para ele era bem educada e lógica, decepcionou a mulher. O que havia de esperança no olhar dela sumiu, a aflição virou desespero.

— Me ajuda, meu filho!

Era um problema pesado demais para um menino, e ele teve medo de não conseguir ajudá-la. A expressão dela mudou para uma quase doçura, uma sedução:

— Me ajuda.

Se ao menos soubesse como. A única ligação que conhecia entre as pessoas era a lógica e tentou mais uma vez esse caminho.

— Ajudo, uai. O que que a senhora quer?

Um erro: ela não queria perguntas.

— Ô minha Nossa Senhora da Consolação!

Depois ela o olhou esperta e tentou outra vez, com outras palavras, como quem inverte o jogo com uma criancinha:

— É pra cima ou pra baixo?

— O quê?

— Que eu tenho de ir.

— Pra que, dona?

— Ô meu Deus do céu!

Não, ele não estava preparado para se responsabilizar pelo que não entendia, tinha só uma bicicleta e umas coisas para entregar, era só um menino de onze anos e se sentia acuado, por isso escapuliu para a irresponsabilidade:

— Pra baixo, dona.

O rosto da mulher mudou completamente, os olhinhos agora espertos procuravam descobrir alguma trapaça na informação. E foi para surpreender a trapaça que ela perguntou, rápida:

— O que é que tem lá?

Miguel, atrapalhado, não via mais tormento e ansiedade na cara preta que brilhava ao sol; via uma pessoa adulta tentando pegá-lo em falta. Recuou, culpado:

— Não sei.

A mulher olhou-o com aquele ar insuportável dos adultos quando pensam: eu sabia que você estava tentando me enganar. Um ar vitorioso, à espera de que o trapaceiro se envergonhe e diga a verdade. Porém Miguel resolveu experimentar mais uma vez a irresponsabilidade:

— Então vai pra cima.

— O que é que tem lá?

Era um jogo.

— Tem o cinema, que agora é igreja, tem o ônibus do Miro, e tem umas casas.

— Será que eu devo ir pra lá?

Não era um jogo. Dúvida atroz na testa preta franzida, a mão direita coçando a cabeça grisalha nas têmporas, a boca quase descaindo nos cantos, pronta para chorar.

— A senhora tá procurando alguém?

— Não é isso não, meu filho, não é isso não.

Uma certa impaciência na voz dela, como se ele fosse burro. O não saber o que ela queria era a pior parte daquilo que o sofrimento dela impunha: quando a gente não pode ajudar é uma coisa; quando não sabe se poderia ajudar é outra, pior, porque talvez pudesse, se soubesse como.

— Quer ir ao banheiro?

Ele, tantas vezes, um aperto no meio da rua: por que ela não?

— Não é isso não, meu filho, não é isso.

Miguel desistiu, incapaz. Olhou em volta, só viu a cara gozadora do seu Michel. Lá em cima estava Miro, no seu ônibus.

— Tá vendo aquele homem lá em cima, encostado no ônibus? Ele conhece tudo por aqui. Eu não moro aqui não, eu moro na fazenda, retirado daqui. Ele ajuda a senhora.

O rosto enrugado se iluminou de esperança e ela se foi como quem tem um destino. Seu Michel veio até a porta, rindo.

— Ela te pegou, hem?

— Quem é ela?

— Ninguém sabe. Chegou ontem, no ônibus do Miro. Alguém mandou ela subir no ônibus, ela subiu. Tá assim desde que chegou, perguntando pra todo mundo se sobe ou se desce.

Miguel sentiu a cara vermelha: era quase o que ele tinha feito.

— Onde que ela dormiu?

— Por aí, não sei.

Ficou olhando a conversa dela com Miro, o gesto de coçar a cabeça. Depois ela olhou na sua direção e voltou. Brincavam com ela como ioiô. Miguel montou depressa na sua bicicleta e se afastou, para não enfrentar de novo a impossibilidade de ajudá-la. Ainda a distância pôde ver a decepção no rosto dela. Logo se arrependeu, fez uma volta larga e parou perto dela.

— O que é que tem lá, hem meu filho?

— Lá onde?

— Lá pra baixo.

— Foi o homem que mandou a senhora ir pra lá?

— Foi. O que que tem lá?

— Tem o grupo escolar, tem a pracinha, tem a estrada da fazenda, a estrada pra Olegário, pra Tietê.

— É pra lá que eu tenho de ir?

— É melhor a senhora sentar um pouco na praça e descansar.

Ela o olhou procurando entender, intrigada, depois olhou para o caminho que lhe haviam indicado, para Miguel. Lágrimas de verdade correram na face preta e sofrida.

— Não é isso não, meu filho. Não é isso não.

Coçou a cabeça, olhou em volta, como se procurasse — o quê?: um sinal, um lugar, uma pessoa? —, depois desceu apressada, mudou de rumo de repente, entrou numa rua, sumiu.

Durante os breves dias que a mulher viveu em Vila das Pedras, Miguel foi tocado pelo mistério da insanidade. Acompanhou-a furtivo pelas ruas, no seu sobe e desce, vai e volta. Desde o primeiro encontro tentou o impossível: compreender. A meninada da escola passou a chamá-la de Indecisa. A Indecisa subiu, dizia um — e corriam para fazê-la descer. Desceu! — e lá estava um para fazê-la subir.

A professora Soraia pediu respeito, disse que muitos profetas, cientistas e santos eram chamados de loucos em sua época. É, mas nenhum louco era chamado de cientista, opinou o senhor Matsumoto. O pastor deixou que ela dormisse no quartinho da igreja, antiga cabine de projeção. Algumas mulheres da igreja deram-lhe comida e roupas velhas, lavaram suas roupas brancas. Num daqueles passeios de ônibus cheios de conversa fiada a que Miro o convidava algumas vezes, Miguel soube que alguém colocara a Indecisa no ônibus em Tietê, com a passagem na mão, e ela dormira durante toda a viagem até Vila das Pedras. Sem bagagem, sem nada. Ninguém nunca soube seu nome, sua história; ela, impenetrável. Compadecido de tanto vai pra lá, vem pra cá, Miguel ofereceu-lhe carona na bicicleta. Não é isso não, meu filho, não é isso não.

— A senhora tá procurando alguém?

— Não é isso não, meu filho, não é isso não.

Ele pensa: ela vivia na beirada da vida dela, não entrava. Se de repente ela soubesse o que procurava, ia lá e achava ou não achava, igual todo mundo, ficava alegre ou triste, igual todo mundo, e acabava com aquela andança. Só era diferente porque não sabia — e mesmo assim procurava.

— A senhora se perdeu?

— Ô minha Nossa Senhora da Consolação, meu São Jorge, quem há de me ajudar a sair dessa indecisão, meu Deus!

Foi o mais longe ou o mais perto a que ela chegou. O pastor achava que ela viera para ensinar alguma coisa que ninguém tinha aprendido, e esperava um sinal de Deus. Miguel também.

Um dia os moradores de Vila das Pedras não suportaram mais, botaram a doida no ônibus e se livraram dela.

Sentado na boleia da charrete, entre o pai e a mãe, contemplando o perfil da mãe, Miguel compara as belezas que havia encontrado na sua curta vida: Lindinha, a professora Soraia, a moça dos peitos de fora na revista e a mãe. É um concurso sem vencedoras. As quatro eram os modelos pelos quais passara a julgar todas as mulheres, imbatíveis modelos. Lindinha, loura, olhos azuis, boca cor-de-rosa, obrigando-o a fazer o que não queria; a professora, com o mistério da sua tristeza e dos seus bilhetes, cabelos pretos, pálida, olhos muito pretos, perseguidores; a moça que revelara tantas novidades na revista, loura, boca vermelha, dentes brilhando, peitos oferecidos; a mãe, morena, olhos pretos, nariz retinho, o sorriso mais bonito, voz vagarosa. Encostou-se na mãe, amoroso. Nesses momentos não pensava em ir embora com o circo, em sair pelo mundo, em ir para São Paulo.

Passavam pelo sítio dos italianos. Guido Fabrini aproveitava o fim de tarde para sulfatar os tomateiros novos e cumprimentou o trio abanando a mão, espalhafatoso como sempre.

— Não quero que você dê muita trela a esse Guido Fabrini — disse o pai.

— Por quê?

— Tou só avisando.

— Que que ele fez?

— Depois que começou a sair com esse japonês que chegou aí, anda fazendo besteira.

— Que besteira?

— O que eles fazem não é pra menino saber.

Miguel sabia que o assunto, para o pai, estava encerrado. Lembrou-se na mesma hora do que seu Michel dissera ao passar-lhe a revista de mulher pelada encomendada pelo Guido: não olhe, que não é coisa pra criança. Desconfiou que o assunto cortado pelo pai tinha que ver com aquele tipo de mulher.

Doutor Nelson emprestava a charrete aos empregados antigos que precisassem comprar na vila coisas mais pesadas do que pudessem carregar. Já se acostumara com o jeito do doutor Nelson de ser dois. Alguma coisa acontecia com ele que mudava o bom em dureza. Ou então o contrário, o natural duro dele se amaciava por alguma bondade ensinada. Numa hora dizia que a fome dos nordestinos da estrada era problema do governo, na outra dava comida; numa hora dizia que não ia dar emprego para nenhum deles, na outra ia arrumando lugar para cada um. Mas xingando, dizendo: se vocês mandarem vir mais gente de lá boto todo mundo pra fora, vocês e os que chegarem. Numa coisa ele não tinha mudado, desde o começo: ficava com um pouco de vergonha, não era bem vergonha mas era parecido, um pouco de vergonha quando lhe passava os bilhetes para a professora Soraia. Ultimamente Miguel não esquentava muito a cabeça com o conteúdo daqueles bilhetes e o porquê de serem secretos. Talvez o doutor Nelson ficasse daquele jeito por envolvê-lo em alguma coisa não muito direita. Mesmo que não fosse direita, continuaria a ser o mensageiro deles, porque pôs na cabeça que a professora havia amaciado o coração dele com os retirantes.

— O Guido não bebia — disse a mãe.

— Agora bebe — disse o pai.

— É farra de moço, depois passa — disse a mãe. — Arranja uma namorada, casa e aí sossega.

— Enquanto não sossegar, quero distância dele.

Passaram por Shisato, o neto do senhor Oushi, que ia a pé na direção do sítio dos italianos e fez uma profunda reverência para o trio da charrete.

— Lá vai o outro gambá.

— Geraldo! — censurou a mãe, mas rindo.

— Uai, tô mentindo? Des'que esse aí foi ajudar o caxumbado que um não larga o outro. E o pior é que um não entende a língua que o outro fala.

Miguel gostava demais daqueles passeios de charrete, um jeito de ficar perto do pai, que achava que homens tinham de se gostar a uma certa distância. O pai estava alegre e tagarela naquele sábado. Miguel ainda não falara com ele da proposta feita pelo seu Orsini, de ir embora com o circo. Cada dia que passava ele achava pior de falar, um pior aumentado pelo péssimo de ainda não ter falado.

— Pai, o seu Orsini do circo me chamou pra ir com eles, trabalhar, viajar pelo mundo.

O pai esperou um pouco a surpresa se acomodar dentro dele.

— Isso foi quando o circo tava aqui?

— É, foi.

— Quer dizer: se o senhor passou três meses sem me dizer e tá dizendo agora é porque já teve tempo pra pensar e tá com vontade de ir.

Tinha aquele costume de dizer senhor quando estava com bronca.

— Eu queria é saber o que que o senhor acha, pra poder pensar mais um pouco.

— Pois eu vou ocupar o mesmo tempo que o senhor ocupou pra lhe dizer o que eu penso. E se depois de pensado, o senhor tomar outro tanto de tempo pra pedir a minha bênção, eu vou levar outro tanto pra dizer se vai ou não vai.

Miguel achou justo e não se preocupou com a demora. Tinha tempo. Alegrou-se de ficar livre daquilo.

— E sabe, mãe, aquele cavalo branco que eu falei, do circo?

— Não falou que era branco, falou que era velho.

— Então, pois é: sabe aquele cavalo velho que ele tava vendendo?

— Sei.

— Ele vai dar pra mim se eu souber uma adivinhação.

— Qual?

— Que é que é: branca de manhã, vermelha à tarde e preta à noite?

— É uma mulher?

— Pode ser, não sei...

— É, não sei.

— Pois eu sei e não falo — disse o pai.

— Ah fala, pai!

— Sabe o quê, Geraldo. Não brinque com o menino — disse a mãe.

— Pois sei. Essa é velha.

— Como é que é velha se ninguém que eu perguntei sabe?

— Quem sabe, sabe.

— Então fala — disse a mãe.

— Só falo na hora certa.

E assim, brincando e não brincando, chegaram à vila, compraram suas coisas e voltaram. No caminho encontraram o italiano Guido e o japonês Shisato rindo a caminho da vila, a pé, deixando no ar um rastro de perfume de limão.

No domingo pela manhã, a notícia de que Guido Fabrini esfaqueara cinco vezes um rapaz na saída de um baile em Tietê passava de sítio a sítio, de granja a granja, de casa de colono a casa de colono e de morador a morador da vila. Foi na fazenda que Miguel ouviu falar do crime, antes de sair para buscar os jornais do doutor Nelson, por volta das dez horas. Seus pais, penalizados, lamentaram o destino da pobre dona Rosana:

— Coitada, tão boa. Primeiro, o marido some pra São Paulo, arranja outra mulher, só aparece de vez em quando. A coitada acredita que ele tá ajuntando dinheiro pra comprar um restaurante e levar todos pra São Paulo. Aqui, ó. Da última vez trouxe aquela bruta caxumba que derrubou todo mundo. O filho mais velho seguiu o mesmo rumo de mulherengo.

— Quem herda não furta.

— Agora só tem o pequeno. Como é que ela vai tocar a granja com o filho na cadeia?

Os pais e os empregados da fazenda pedem que Miguel traga novidades da vila. Por onde passa, vai recolhendo notícias. Na casa dos italianos não havia ninguém, só o cachorro preto na porta, com aquela preocupação de cachorro quando sente algo estranho no ar. Na casa do senhor Oushi, o casal veio à porteira, aflito, até a senhora Oushi esqueceu o português.

— Neto testemunha. Guido-san fez tragédia. Neto testemunha.

E o senhor Oushi ecoa:

— Neto testemunha.

Na vila, seu Michel irradiava:

— O rapaz não morreu, não. Tá no hospital, muito mal, mas não morreu. E o Guido sumiu.

Para outro:

— Foi briga por causa de mulher, em Tietê. O Guido, sabe como ele é com mulher, não é? E sabe como elas são com ele, não sabe? Ferve, que nem mosca.

O outro:

— É muito socó pra um socó só coçá.

Para outro:

— Beberam demais. Não tivesse bebido, levava o desaforo pra casa, acordava, nem se lembrava mais da ofensa. Ficou lá na galinhagem com uma menina do baile, o namorado dela chegou, juntou a turma e botaram ele e o japonês pra fora do baile. O Guido gritou pro cara "te pego", o cara falou "ah, é?", tacou a mão na cara dele na frente de todo mundo e a turma jogou ele lá fora. Aí ninguém mais sabe como foi. Só o japonês sabe, o Shisato, mas ninguém entende o que ele fala.

Esse outro:

— Vai ver, bebeu, bebeu, bebeu, e quando o rapaz saiu, meteu a faca nele.

— Pode ser. Ele disse pra mãe, dona Rosana, que não se lembra do que aconteceu. É... Foi pra casa com a roupa suja de sangue, trocou, foi pra estrada de manhãzinha, arrumou carona e sumiu. Deve ter ido pra São Paulo atrás do pai.

Para outro:

— O japonês tá vindo aí, no ônibus do Miro. Como que é testemunha, se não fala português?

Para Miguel:

— Dona Rosana e o menino Giuseppe foram pra Tietê, saber das coisas na polícia, ver advogado.

Miguel pegou os jornais e ficou esperando o ônibus chegar. Para ele, tiros e facadas pertenciam ao mundo da televisão, eram como uma pantomima do circo, serviam para movimentar a história dos mocinhos e dos bandidos. Os mocinhos sempre faziam aquelas coisas para impedir que outras piores fossem feitas. As cinco facadas de Guido não serviam para nada, não faziam dele um mocinho, pareciam mais coisa dos bandidos. Não imaginava como uma pessoa podia ter coragem de enfiar uma faca em alguém, ainda mais uma pessoa que ele conhecia. Guido brincava, dizia cada coisa, brincadeiras de homem, de que ele gostava e não gostava. Perguntava se tinha namorada, se já tinha beijado, se queria ver um retrato de mulher nua, se já tinha cabelo lá embaixo, se tinha tesão, se brincava com o negocinho, e ria da vergonha dele, mas era um riso que não afastava, dava vontade de rir junto.

Quando o ônibus do Miro chegou, Miguel e as pessoas que estavam no armazém foram para o ponto, ouvir Shisato, o neto do senhor Oushi. Ele desceu diante de rostos curiosos e perguntas, e sua expressão foi de completa impotência.

— Non tende.

Todos queriam saber por quê, por quê?, e Shisato falava, aos arrancos, e ninguém entendia. Parou, procurou uma palavra, cara vincada pelo esforço, mãos crispadas, e disse, naquele atropelo de sons na garganta que era a língua dele:

— *Dai boryoku.*

Sacudia as mãos crispadas, olhando para todos, como se aquilo resumisse a história inteira, ou explicasse tudo:

— *Dai boryoku*!

Depois balançou a cabeça, como quem lamenta, e repetiu já sem a força de uma palavra nova, lamentando:

— *Dai boryoku. Dai boryoku.*

Desinteressaram-se dele — um inútil, de repente — e procuraram as novidades de Miro. Dona Rosana estava lá na delegacia ainda. O japonês estivera detido como suspeito, até que os amigos do ferido esclareceram que a briga fora com o italiano. A situação do ferido ainda era grave. O delegado tinha um mandado de prisão de Guido Fabrini e já havia iniciado a busca.

O rapaz japonês foi saindo, desimportante, escanteado. Miguel achou que ele deveria estar muito cansado depois de uma noite daquelas, alcançou-o e ofereceu-lhe carona. Shisato sorriu, assentiu, por gestos disse que pedalaria.

Shisato começou a falar assim que saíram da vila, e falou, falou, contou, argumentou, emocionou-se a ponto de quase chorar, referiu-se várias vezes ao nome de Guido, única palavra que Miguel entendeu em todo o longo relato, falou tudo o que não conseguira até ali, com palavras que ora se atropelavam, ora saíam pausadas e pensadas, num momento parecendo esperar uma resposta, espaço que Miguel preenchia com um vago murmúrio, no outro parecendo xingar alguém, falou até chegarem à porteira do avô Oushi, apeou, repetiu duas vezes aquela palavra — *dai boryoku* —, em tom de conclusão, e despediu-se com muitas mesuras de agradecimento. Parecia outro, aliviado, depois de ter contado tudo.

Miguel seguiu, envolto no mistério daquela palavra que tudo e nada explicava. Contou aos pais os fatos, depois aos colonos, ao doutor Nelson, sem ousar tocar nela. Contornou-a durante todo o dia, abafou-a sob o travesseiro, foi para a aula evitando-a.

Kazu contou que Shisato fora chamado para depor novamente na polícia em Tietê, com um intérprete. O rapaz esfaqueado ia bem no hospital, fora de perigo. Giuseppe, cercado de perguntas pelos colegas, não sabia muita coisa, mas achava que foi benfeito, faria a mesma coisa se tomasse um tapa na cara.

— Não, não tá certo — disse Kazu. — É igual pedir dez e ter de pagar cem.

Cícero, o que falava rimado, apoiou Giuseppe:

— O nordestino, colega,/ não é melhor que ninguém,/ mas na hora de cobrar/ dá valor ao que ele tem./ Vergonha, honra e mulher,/ ele cobra é um por cem.

— Meu pai falou que tá certo, que a Bíblia diz: olho por olho, dente por dente — disse Juverci.

— É, então o Guido tinha é de dar um tapa no outro também — disse Miguel. — A Bíblia não diz: um olho por duas pernas, um dente por dois braços.

A professora Soraia deu uma aula sobre civilização, sobre os progressos da humanidade com relação ao direito, à vida em sociedade, sobre o trabalho que vem sendo feito há milhares de anos para domar o lobo que existe dentro do homem, explicou detalhadamente os esforços e ensinamentos de homens como Buda, Sócrates, Confúcio, Jesus, Francisco de Assis, Freud, Gandhi e todos os educadores para amansar esse lobo. Graças a eles, ela completou, os melhores homens, os mais evoluídos espiritualmente, não são mais como feras que arreganham os dentes e se mordem como cachorros na rua. Nem uma vez ela se referiu aos acontecimentos do baile e de após o baile em Tietê. Um silêncio diferente dominou a classe naquele dia. Miguel a amou um pouco mais desde então.

Após as aulas, de passagem para o armazém do seu Michel, Miguel desviou sua bicicleta de um vira-lata e viu o moço japonês parado no ponto do ônibus, sorrindo e acenando para ele. Miguel sorriu e se aproximou dizendo "oi", que o moço respondeu com um boa-tarde difícil de entender. Continuou falando, como se o garoto o compreendesse, talvez dizendo que ia poder afinal contar a sua história para a polícia. Miguel sorriu aprovando com a cabeça, fosse lá o que fosse. Achava simpático aquele japonês que em um mês de Brasil tinha conhecido a caxumba, a violência, a polícia e ainda sorria todo gentil. A conversa foi interrompida por uma zueira de latidos, rosnados e ganidos de dois cães que rolavam e se mordiam bem junto deles. Shisato saltou de lado, para não ser mordido, e apontou os cães, repetindo aquela palavra:

— *Dai boryoku! Dai boryoku!*

Sexta-feira. Miguel levava nos bolsos duas preciosidades: o último bilhete do doutor Nelson para a professora Soraia antes das férias de julho e uma caixa de bombinhas de São João para comemorar o fim do primeiro semestre, na saída da aula. Era véspera do dia de São Pedro.

Os bilhetes agora eram mais raros e ele os entregava no intervalo, logo após o tumulto da saída da classe. Fazia isso na esperança de que, estando sós, ela passasse a mão na sua cabeça, como um agradecimento, como já havia acontecido uma vez, embora ela nunca mais repetisse o carinho, só naquela vez em que ele havia esquecido de entregar o bilhete, voltara correndo e lá estava ela sentada na sala de aula parecendo ter chorado.

Durante o recreio Miguel mostrou para os colegas a caixa de bombinhas: seis, daquelas reforçadas com barbante, cabecinha como de fósforo para riscar na lixa da caixinha. Na saída da escola, ia acender uma a uma, botar debaixo de uma latinha, para vê-la pular bem alto com o estouro. Roque se babou de inveja por não ter tido essa ideia.

Na classe, de volta, enquanto a professora passava no quadro-negro as lições para as férias e o livro que deveriam ler, Roque pediu para ver as bombinhas. Sentavam-se na mesma carteira, lado a lado.

— Só quero ver um pouquinho — implorava, insistia.

Miguel acabou cedendo, para cortar aquela murmuração que o atrapalhava. Por essas coisas é que o primo estava ameaçado de expulsão. Enquanto todos copiavam atentos as lições para casa, Roque namorava as bombinhas. Mediu uma com os dedos, fingiu que riscava, esperou uns segundos, fez um bum silencioso com a boca. No fingir que riscava outra — ou foi um descontrole da mão, ou foi aquela irresponsabilidade dele de sempre — a bomba acendeu, perigo!, e o jeito foi rolá-la para baixo de alguma carteira, lá para trás. Esperou, ah como esperou que ela desse chabu, enquanto rápido devolvia a caixinha para Miguel, mas um grande BUM! sacudiu a sala fechada, ecoou por toda a escola, provocou gritos, sustos, correria, paralisou as aulas. A primeira coisa que Miguel viu foi a cara de raiva da professora Soraia, ou de decepção, ou de ofensa, ou de mágoa, ou de tudo isso junto. Como se não pudesse aceitar que aquilo tivesse acontecido justamente na classe dela: pessoalmente atingida. Depois Miguel olhou para Roque, traído, com ódio, e ele estava amedrontado, espantado, a ponto de chorar.

— Quem foi? — exigiu a professora, raiva na voz.

Silêncio.

— Quem foi que fez isso?

Lá fora se ouvia a movimentação nos corredores, vozes, o que foi, onde foi. A professora,

quase chorando, esperou quinze segundos insuportáveis, e saiu, dura, dizendo que ia chamar a diretora.

— Eu não vou esconder — avisou Juverci olhando para Miguel. — Se alguém me perguntar, eu falo.

— Não fui eu — disse Miguel.

— Eu sei que foi! Você que trouxe a bomba.

A diretora entrou, junto com a professora. Disse que nunca poderia imaginar que isso acontecesse naquela turma, que ia reiniciar as aulas, menos naquela classe, para que todos pensassem um pouco, e que estava esperando na sala dela que o culpado se apresentasse. Se não, toda a classe ficaria sem as férias de julho. Ela pessoalmente viria dar as lições do castigo. Mandou que todos saíssem da sala e que retornassem para a aula dentro de meia hora, com a decisão tomada.

Pelos cantos, formaram-se as alianças. Ninguém, fora Miguel e Roque, sabia na verdade o que havia acontecido. Miguel se sentiu isolado, olhado como aquele que ia estragar as férias de todo mundo se não tivesse a coragem de assumir sua culpa. Alguns meninos aproveitavam o recreio extra para jogar tapona de figurinha e bola de gude. Roque se aproximou e ficou calado junto dele, um bom tempo. Os dois olhavam para o chão e Miguel cutucava a terra com uma varinha.

— Você não vai falar? — perguntou Miguel.

— Elas vão me expulsar — disse Roque.

— Tão pensando que fui eu.

— Não acontece nada com você. A diretora já falou que da próxima ia me expulsar.

— E daí? Não quer estudar mesmo.

— Minha mãe quer, meu pai quer.

— Peão de rodeio não precisa de estudo.

— Meu pai me mata.

— Mata mesmo, e é benfeito.

— Foi sem querer, Miguel.

— Dá na mesma, e tá todo mundo pensando que fui eu.

— Meu pai vai me bater.

— Tomara.

— Miguel, com você elas não vão fazer nada. É a primeira vez.

— Que primeira vez? Não fui eu.

— Quer dizer: elas vão considerar que é a primeira. Dão só um castigo e pronto.

— Eu não vou falar que fui eu, se não foi.

— Se for trabalho pra casa dobrado eu faço pra você. Hein? Eu faço o seu serviço de bicicleta pra você. Hein?

— Não vou falar.

— Vai falar que fui eu?

Miguel não respondeu. Tinha aprendido que cada um paga o que fez.

— Vai?

— Não sei, mas não vou falar que fui eu.

— Seu pai vai te bater, se for você?

— Não porque eu falo pra ele quem foi.

— E ele fala pro meu pai?

— Não sei.

— Fala pra tia?

— Fala.

— E ela fala pra mamãe?

— Deve falar, não sei.

— Miguel, cê faz isso pra mim? Só esta vez?

— Não vou falar que fiz o que eu não fiz.

Quando levantou o rosto percebeu que estavam sós, todos já tinham voltado para a aula. Ao entrar na sala, Miguel viu acusação e decepção no olhar da professora Soraia. Ela desviou os olhos e disse que a diretora queria falar com ele.

Miguel entrou pela primeira vez na sala da diretora. Ela estava sentada a uma mesa que tinha um globo terrestre do lado direito e uma bandeirinha do estado de São Paulo do lado esquerdo. Atrás dela havia um grande mapa do Brasil, com manchas verdes e marrons representando as florestas e montanhas e sinuosos traços azuis que eram os rios. Ela sabia que ele estava ali e ficou olhando os papéis que tinha sobre a mesa, um deles cheio de quadrinhos e letrinhas azuis e vermelhas. Miguel olhava o risco branco que dividia os cabelos e a cabeça dela em duas metades, olhava a parte de cima da armação dos óculos dela, enganchados no nariz grosso, e nada lhe agradava. Piorou quando ela levantou a cabeça e fixou nele os olhos acusadores, acima dos óculos de leitura:

— Sabemos que foi você, te denunciaram.

Quem? Roque não, que estava com ele.

— Não fui eu.

— Então quem foi?

Não teve coragem.

— Se não diz é porque foi você. Bota aqui na mesa o que você tem nos bolsos.

Apalpou a caixa de bombinhas e sentiu um aperto no coração. Até disso tinham falado. A caixinha ia provar uma coisa que não provava. Quando crescesse ia querer ser advogado. De um bolso, tirou figurinhas; do outro, a caixinha. A diretora a abriu e olhou para ele. Não adiantava dizer mais nada.

— Eu vi aqui na sua ficha que você nunca teve uma repreensão. Podia até te dar só uma advertência, mas como você não confessou sua culpa nem se arrependeu, vai ficar o mês de férias inteiro fazendo lição na escola.

Roque seria mesmo expulso, se fosse o acusado. Ela devolveu suas coisas.

— Todos os dias, quando você chegar, vai encontrar a sua tarefa escrita no quadro-negro. Vai cumprir o que está escrito e deixar em cima da sua carteira. Pode ir.

Ele estava chorando calado, chorando da raiva de não ter tido coragem de dizer "a bombinha era minha mas foi o Roque que riscou e estourou", chorando por causa da injustiça, e depois estava chorando porque ela ia pensar que estava chorando por ser culpado, e não podia explicar isso também, e chorando porque alguém o havia acusado, um colega, por uma coisa que não era o que parecia, e chorando porque deveria estar no circo, bem longe, e porque não queria que sua professora pensasse que fora ele quem soltara aquela bomba e isso também não tinha jeito.

— Agora não adianta chorar. Pode ir.

Foi, não parou na classe, não se despediu de ninguém, pegou sua bicicleta, recolheu no armazém os jornais e a correspondência do patrão, tomou o rumo de casa. Deixou o material escolar para trás — queria estar no circo, longe de todos.

Do alto da ladeirinha viu o cachorro preto dos italianos, deitado. Assim que o percebeu, o cão se levantou, alegre, para uma carreira atrás da bicicleta. Miguel não estava para brincadeiras, desceu freando. Do lado de dentro da porteira, Guido Fabrini arrumava a cerca. Qualquer dia desses seria julgado por ter dado cinco facadas num rapaz em resposta a um tapa na cara.

— Eh, *Michele*, para aí. Não tem aula hoje?

Miguel parou, embora o pai tivesse dito para ele se afastar de Guido Fabrini. Contou que estava sendo castigado por uma coisa que não havia feito e não queria mais saber daquela escola.

— Não faz besteira, *Michele*.

— Eles não gostam de mim, foram na diretora me acusar.

— Quem foi?

— Não sei.

— Algum invejoso. Cabeça, *Michele*, você tem cabeça. Não faz nada com raiva, que não dá certo. Não vê o meu caso? Fui agir de cabeça quente, esperar o cara pra brigar depois do baile, tou encrencado até hoje. Se não é o bendito do japonês dizer na delegacia que tinha cinco a fim de me pegar, cinco, e que a faca que eu enfiei no cara era dele mesmo, que queria enfiar ela em mim — então, se não é o Shisato, com certeza que eu ia ser condenado. O melhor mesmo era ter esperado a cabeça esfriar. Faz isso: espera, uma hora a verdade aparece.

— Eu não tenho nenhum japonês pra me ajudar. Quem podia ajudar é que é o culpado.

— Quem é?

— Não posso falar.

— Tá. Homem aguenta o tranco mas não entrega ninguém. Eles vão te respeitar mais por isso.

— Eles não gostam de mim.

— Besteira. De besteira eu entendo, eh?

— Gostam não.

— Gostam, *Michele*, gostam sim. O Giuseppe me conta.

— Conta o quê?

— Que você é o menino que sabe mais coisas, que todos querem ser seu amigo, e tem alguns que têm inveja de você.

— Por causa da bicicleta?

— Não. É porque você troca bilhetinhos com a professora.

Miguel ficou vermelho de vergonha, pego em falta, descoberto.

— Quem falou?

— Eles que viram. Que bilhetinhos são esses?

— Nada, coisas da escola. Ih, meu Deus!

— Que foi?

— Esqueci de uma coisa. Até logo, Guido.

Montou depressa na bicicleta e tomou o rumo da escola. Levara um bilhete pela manhã, deveria trazer um de volta. Na entrada da rua principal da vila cruzou com Kazuiko, Roque e Giuseppe, e não parou, apesar de chamado. Havia alunos na rua, a professora Soraia deveria estar ainda na escola. Não sabia com que cara iria falar com ela. Entrou na sala para pegar suas coisas, ela estava lá, sentada, imóvel. Não se falaram. Ele juntou seu material, prendeu com elástico e olhou para ela.

— Não fui eu.

— Então vai lá e diz quem foi — ela disse.

— Não.

Ela o olhou, talvez sabendo.

— Voltei por causa do bilhete — ele disse.

— Não tem bilhete. Não vai ter mais bilhete.

Ficou perplexo, com medo, porque estava acontecendo alguma coisa que ele talvez tivesse provocado e que poderia estar atrapalhando.

— É por causa da bomba?

Ela quase riu dele, fez "hum", sacudiu a cabeça:

— Não. Não.

— E o que é que eu falo pra ele?

— Só isso, que não tem resposta. Ele vai entender.

— Tá bom. Até segunda.

Duro, machinho. Ela:

— Também não venho mais. Estou pedindo minha transferência.

O coração dele disparou e ele sentiu que ia chorar de novo.

— É por causa da bomba — disse já chorando.

Ela cobriu o rosto com as mãos e ele viu que também ela estava chorando. Choraram algum tempo, sem pudor, solitários, sem mão que os afagasse, entregando cada um sua fraqueza ao outro, e era tudo o que tinham para dar naquele momento. Apoiaram-se, iguais. Ela foi a primeira a se recuperar.

— Não, a bomba só me acordou. São problemas meus.

Levantou-se, olhou-o quase amorosa, disse adeus e saiu.

Ele esperou algum tempo até que ela desaparecesse das ruas e foi para casa. O pai já tinha almoçado e ido para o trabalho, a mãe esperava como as mães. Contou-lhe tudo: a bomba, o pedido de Roque, o castigo, a despedida da professora. E se ele aceitara o papel de culpado, não era para ela contar a ninguém. Senão pra quê?

Entregou os jornais e cartas ao doutor Nelson e ficou esperando que ele perguntasse pelo bilhete. Pelo menos isso ele ia ter de fazer.

— É só?

— Dona Soraia disse que não tem resposta.

Silêncio alarmado. O homem até se sentou. Miguel, sem ter outro culpado visível, jogou nele a culpa pelo seu último sofrimento, e pelo dela, e foi em frente com o rancor dos feridos:

— Ela disse que vai sair da escola, pedir transferência.

— O quê!?

— Foi o que ela me falou.

— Ai que merda — ele murmurou, com o punho fechado, dentes trincados, bem baixinho, mas deu para ouvir. E alto, dispensando-o: — Tá bom, tá bom, pode ir.

Não demorou muito, de casa ele viu o carro do doutor Nelson na estrada, correndo a caminho da vila.

Na primeira manhã do seu castigo, Miguel teve a companhia do primo Roque até a escola. Foi a única parte da punição que o primo assumiu. No quadro-negro Miguel encontrou escrito: "Conjugar 100 vezes o verbo respeitar no presente e no futuro do indicativo. Copiar 100 vezes os afluentes do rio Amazonas da margem direita, pela ordem da nascente à foz". Teria de ir à sala da diretora consultar aquele mapa sobre os rios e isso era o pior de tudo. Começou a cumprir sua tarefa e depois dos primeiros cinquenta verbos parou para descansar os dedos doloridos. Pensou que Roque estaria feliz da vida naquele momento, jogando bola, ou pescando cará, ou empinando papagaio, ou pegando passarinho, ou nadando no rio gelado, ou qualquer outra coisa. Tinha certeza de que se estivesse no lugar do primo não brincaria feliz.

Julho trouxe a presença inquietante de Lindinha. Miguel sabia que ela estava lá, em algum dos grandes cômodos do casarão da sede, e ele pisava em algodão para não atrair sobre si o império das vontades dela. No começo das férias passadas fora-se o bico-de-lacre; no fim, a manga mais cobiçada; e agora, que seria?

No segundo dia de férias, quando ele foi entregar a correspondência, ela estava na varanda e o cumprimentou alegre:

— Oi, Miguel.

Tremeu: era a primeira vez que ela falava seu nome.

— Oi, dona Lindinha.

Devia ser a primeira vez que a chamavam assim.

— Dona?

E sabendo que não, ou que sim:

— Eu sou sua dona?

Era impossível responder e ele se refugiou no escritório do doutor Nelson. O patrão estava na frente do computador.

— Lindinha taí — disse ele.

— É, eu vi. Tá lá em cima.

— Miguel, você podia me fazer um favor. Ela fica muito sozinha aqui na fazenda, sem companhia pra brincar. Nem queria mais passar as férias comigo. Você podia ver se arrumava umas meninas aí, brincar também um pouco com ela.

Ai, meu Deus, pensou Miguel, traduzindo em temor as emoções que pressentia. Brincar de quê? Nego fugido? Pelada? Fumar cigarro de chuchu? Bater figurinha? Finca? Caubói? Corrida de cavalo? E se ela quisesse brincar de boneca, de estátua, pular corda, fazer comidinha?

— Passa lá e chama ela — disse doutor Nelson, encorajando-o.

Ele subiu e Lindinha parecia que já o estava esperando.

— Vem cá ver uma coisa — disse ela, segura, entrando na casa.

Era a primeira vez que ele via aqueles grandes sofás floridos, cortinas, poltronas de algum liame trançado, quadros de cavalos na parede, mesinhas de madeira trabalhada, flores em vasos, tudo repousando. Na luz de uma janela, entre folhagens, ela mostrou uma bonita gaiola pendurada num pé de metal e, lá, o bico-de-lacre.

— Lembra dele? — ela perguntou.

— Lembro — ele disse, encantado.

— Me ensina a pescar? — ela pediu.

— Assim no sol de meio-dia o peixe não vem. Tem de ser de tardinha.

— E andar a cavalo, depois do almoço? Me ensina?

— Isso pode.

Trouxe os cavalos mais baixos, igualmente mansos para que um não provocasse o outro. Mostrou como montar, como usar a rédea e o freio, sons com a boca para andar ou parar. Com as mãos em concha, ajudou-a a montar. Passeou-a um pouco pela frente da casa, depois montou e se foram, a passo. Após uma volta tensa, ela foi relaxando, sorrindo, passeando. Era quase como namorar, ele pensou, apaixonado.

— Meu pai tem uma namorada — ela disse.

Diziam que Lindinha morava com a mãe em São Paulo, era tudo que sabia deles. Miguel não imaginava seu próprio pai namorando alguém, mesmo que a mãe estivesse vivendo em Minas com os pais dela.

— Vai trazer ela pra jantar aqui hoje, pra me conhecer.

— Firma o pé no estribo senão isso aqui vai doer, ele recomendou, batendo na bunda.

Ela riu com o gesto e ele nem percebeu por quê.

— Eu já fiz onze anos — ela disse. — E você?

— Vou fazer doze mês que vem. De onde que é a namorada do seu pai?

— Ah, não é daqui não, é de São Paulo.

Lembrou-se da professora Soraia, que trocava bilhetes com o doutor Nelson. Embora não suspeitasse do que havia entre eles, achou que ela ficaria mais triste ainda quando soubesse da namorada. Talvez ela tivesse chorado naquele último dia de aula porque já sabia.

— É bom andar a cavalo — disse a menina. — É fácil.

— Tem uns mais ariscos.

— Diz que o meu, que meu pai me deu, é meio arisco.

— Daqui a uns dias a gente experimenta.

Contou vantagem:

— Eu vou ganhar um cavalo de circo, um branco, enorme.

— Aquele que você tava querendo vender pro papai?

— Ah, é. Só tenho de adivinhar uma coisa pra ganhar ele.

— O quê?

— Quem é que é branca de manhã, vermelha de tarde e preta de noite. Se eu souber, o dono me dá ele.

— Papai deve saber. Ele sabe tudo.

— Meu pai sabe, mas não conta.

— Sabe nada.

Era quase como namorar, ele pensava. Quase, porque já havia visto, nos caminhos, na vila, entre o pessoal da colônia e na televisão que namorar não era só passear e sentir aquele desconforto bom. Tinha beijos, mãos que saíam depressa de onde estavam quando vinha alguém, um ficar juntinho demoradamente. Aquelas coisas que diziam que o Guido Fabrini fazia com as moças. Os dois voltaram tarde para suas casas, com pena de se soltar um do outro.

Ficou de repente atento para aquilo. Pai e mãe não namoram? Não surpreendia neles a inquietação, beijos, aquelas mãos ariscas de namorados. Vai ver não se gostavam mais. Ou havia outras maneiras de gostar.

De cada pessoa que se gosta, a gente gosta de um jeito, aprendia. Era diferente gostar do pai e da mãe. Do pai se gosta dos poderes, com a raiva pelos castigos virando respeito, procurando sempre agradar e guardando distância, aquele perto longe. Da mãe se gosta com o corpo todo, com conforto. De um primo enganoso como Roque era difícil gostar sempre, metade da metade já estava muito bom. Do seu Orsini do circo era preciso gostar com um pé atrás, vigiando as mãos mágicas dele. De Kazu gostava querendo empurrar pra frente, anda, anda, com um pouco de impaciência. De Cícero gostava economizando amizade na hora em que ele mesmo se gostava até demais. Da professora Soraia gostava querendo ao mesmo tempo cuidar e fazer as coisas que diziam que o Guido Fabrini fazia com as moças, ela misturada com a moça pelada da revista. De Lindinha gostava como de uma princesa de história.

— Miguel, doutor Nelson quer que você dê uma chegada na sede.

Foi, estranhando, primeira vez que ia lá de noite. Alguma queixa de Lindinha?

— Sobe, chamou doutor Nelson da varanda. Tem uma pessoa aqui querendo te ver.

A surpresa: a professora Soraia! Outra, toda alegre, de vestido, batom, penteado:

— Oi, Miguel! Meu Cupido.

Doutor Nelson ria feliz. Lindinha de vestido e sapato. Miguel sentiu ciúmes da mão do doutor Nelson que chegou confiante e rodeou a cintura da professora. Aquela mão de namorado.

— Ficou mudo, Miguel? Nós vamos casar!

Miguel não sabia o que dizer nessa hora, e sorria ressabiado.

— Coitadinho, Nelson, foi pego de surpresa — disse a professora.

— Como é, não vai soltar uma bombinha pra comemorar? — disse ele.

Miguel percebeu a insinuação, deveriam ter falado dele durante o jantar. Ficou ainda mais sem graça.

— Ô Nelson — censurou a professora.

E ele ria, noivo.

Lindinha parecia ter gostado da noiva. Pegou um bombom e deu para Miguel, percebendo que ele queria ir embora.

— Amanhã cedo a gente vai andar mais a cavalo?

— Cedo eu não posso porque eu tou de castigo na escola por causa de uma bomba que não fui eu que soltei — disse ele de uma vez, e alto.

— Esse é o Miguel! — comemorou o noivo.

— Eu não vou sair da escola — disse-lhe a professora, percebendo a pressa dele.

Miguel sorriu satisfeito, deu boa-noite e disse só para Lindinha:

— De tarde eu posso.

As novidades povoaram seu sono. Sem entender como, achava que o doutor Nelson tinha tramado aquilo tudo, a troca da professora, a bicicleta, os bilhetes.

Na volta da escola, parou no Guido Fabrini. Queria saber como é que se faz para namorar.

— Ah, *Michele*, não tem segredo. Pega na mãozinha dela, com jeitinho, chega pertinho dela, olha bem no olho, suspira fundo pra mostrar que tá apaixonado e dá um beijo na boca.

— Na boca?

— Na boca! Nada de ficar dando voltinha. Na boca, *Michele*! Mulher hoje gosta de ir direto ao assunto.

— E aí?

— Aí, nada. Se ela gostar, vai querer outro. Se não gostar, ela fala pro pai dela, ou pro irmão, você toma uns tapas e acabou. Parte pra outra. Quem é ela? É a professora dos bilhetinhos?

— Nossa!

— É, tem coroa que gosta de peruzinho de menino. É ela?

— Não! Ninguém!

— Come-quieto, hein? É bom. Mulher gosta de come-quieto.

Miguel achou que aquela conversa não havia adiantado nada.

Passeando a cavalo com Lindinha foram mais longe, até a beira do rio. Naquela seca de inverno, o rio estava limpo e encachoeirado. Apearam para molhar os pés e as pernas na água fria.

— Miguel, você não sabia mesmo que a namorada de papai era sua professora?

— Não.

— Eles pensavam que você sabia.

— Mas não sabia.

— Por que que eles pensavam?

— Não sei.

Talvez por causa dos bilhetinhos, mas não ia falar daquilo nem que todo mundo já soubesse.

— Como é que eles vão casar se ele já é casado com sua mãe?

— Ele não vive com mamãe mais não, desde que veio pra cá.

— Aaah.

— Pediu divórcio segunda-feira.

— Agora?

— É, agora.

Miguel se lembrou de como haviam chorado, ele e a professora, na sexta-feira da bomba. Ela com os problemas dela, ele com os dele.

— Ela falou que eu joguei aquela bomba mas não fui eu.

— Não, ela não falou que foi você. Ela acha que foi seu primo.

— Acha?

A cara de Miguel se abriu em maravilha e espanto.

— Acha! Ela acha! Ela sabe!

Miguel pulou de roupa e tudo na água gelada, para comemorar. O fato de uma pessoa saber, só uma, já o aliviava de toda a culpa. Gritava "ela sabe!", e tchibum; "ela acha!", e tchibum. Lindinha pensou que era pura farra e riu junto, mesmo achando um pouco de maluquice. Voltaram logo pela estrada ensolarada porque ele estava roxo de frio. Naquela tarde ele se apaixonou um pouco mais pelas duas, mas nem pensou em seguir o conselho de Guido Fabrini.

Um dia ela disse:

— Faz um fogão no pomar que nós vamos brincar de comidinha.

Ele armou perto da amoreira um fogãozinho com tijolos, pegou um pacote de fósforos, catou lenha seca, gravetos, cozinharam milho verde, linguiça, fritaram dois ovos e se deliciaram. Ela era sua mulher cozinhando para ele. Com os fósforos fez foguetinhos, depois colocou seis palitos enfileirados e desafiou-a a formar uma palavra mexendo só dois deles. Quando ela desistiu ele cruzou dois e formou a palavra xixi. Riram muito, talvez um pouco mais do que a piada merecia, por causa da palavra. Outro desafio: que ela pusesse um fósforo de pé na lixa da caixinha. Ela desistiu logo e ele pegou o fósforo, pressionou-o na lixa com uma mínima e hábil riscadinha, o fósforo deu um estalozinho e lá ficou, teso. Inesgotável, ele cortou com uma faca três lados da gaveta de uma caixinha, pegou um carvãozinho do fogão, desenhou algo no fundo quase solto da gavetinha, encaixou-a de novo na caixinha, com o tampo pendurado para fora, botou-a no olho como uma máquina fotográfica, fez clic, apertando a gavetinha mais para dentro da caixa, e o tampo revirou e se levantou mostrando a careta de um macaquinho. Em seguida ele fez um trenzinho com as caixinhas de fósforos e disse que de noitinha poderiam pegar um besouro para ser a locomotiva, era só botar uma caixinha virada por cima dele que ele puxava o trenzinho. Ela o via quase como um mágico.

Nem sempre estavam sós. Seguindo o pedido do doutor Nelson, Miguel trouxe meninas e meninos, com quem brincaram de caubói, folhinha verde, pular corda, queimada, birosca, passar anel, nego fugido. Um menino se escondia, longe, e os outros o procuravam, gritando "nego fugido!". Quem encontrava gritava "nego fugido pego!", e tudo recomeçava com outro nego fugido. No jogo de passar anel, acariciava as mãos dela entre as suas, tão de leve que talvez ela nem percebesse. Ela nunca deixava o anel em suas mãos, sinal de que seu amor não era correspondido. Preferia os passeios e corridas a cavalo, só os dois. A cada dia o castigo das férias lhe parecia mais injusto, eram horas roubadas de Lindinha.

Julho passou depressa. Nos últimos dias do seu castigo e deslumbramento, Miguel começou a sentir saudades antecipadas de Lindinha. Queria ficar bem junto dela, num abraço, mãos de namorado. Não tinha era coragem.

Vivia aquela angústia na noitinha do dia 29, jogando dama com sua princesa, distraído, perdendo a vez, perdendo o jogo, quando ela misturou as pedras, esticou o pescoço sobre a mesa, para ficar mais perto dele e falou:

— Pode me beijar, se quiser.

O coração dele era um peixe pulando nas mãos. Mesmo assim não queria perder a boquinha oferecida e foi aproximando tremulamente os lábios dos dela, armados em flor, cheio de medo e ousadia. Mesmo que tivesse durado segundos aquele beijo, ou pouco mais, foi maravilhoso. Ela

se levantou tranquila, disse boa-noite e entrou na casa.

Miguel dormiu sem conseguir se lembrar se foi bom ou não o seu primeiro beijo. Só se lembrou do medo e de que ela prendera por uns instantes seu lábio entre os dela. Não chegou a uma conclusão se ela lhe oferecera aquele beijo por sentir que ele o queria muito, ou porque quisesse ser beijada.

À tarde, foi com ela a cavalo até a beira do rio, muito calado, e a abraçou como um namorado, sem medo. Ela o beijou, ele a beijou, aprendendo — era como chupar uma bala —, até a hora de voltar. Quando ele a deixou na casa da sede para guardar os cavalos, ela parou na escada e falou, decidida como sempre:

— Até a volta, namorado.

À noite ela viajou para São Paulo.

A primavera trouxe chuva e tanajuras, uma festa para os pássaros. Miguel gostava de vê-los navalhando o ar e depois, numa quase parada, suspensos, pegar uma tanajura no bico e voar para um galho ou cerca. Comiam, gulosos, e voltavam à caça.

O primo Roque se divertia empalando as tanajuras mais gordas em palitos de bambu para vê-las vibrar as asas na tentativa de se libertar e decolar. Juntava várias, em fileira, e ficava ouvindo o zumbido como se fosse música.

As grandes árvores estalavam suas vagens e jogavam longe as sementes, ao acaso.

O rio enchia, águas barrentas. Cobras riscavam o chão procurando lugares mais altos.

— Já falei: ninguém vai entrar no rio com essa cheia, hein? — advertiu a mãe de Miguel.

A professora Soraia usava agora uma aliança de ouro que brilhava quando ela escrevia no quadro-negro com sua bonita letra arredondada. Não precisava mais de Miguel como pombo-correio: ganhara junto com a aliança um telefone celular.

— Miguel anda meio triste — comentou a mãe.

— Saudade — resumiu o pai. — Andou demais com aquela menina.

Dava na vista:

— Tá sonhando, Miguel? — acordou-o a professora.

Guido Fabrini foi a Olegário comprar um paletó. Estava próximo o dia do julgamento pelas cinco facadas no rapaz brigão de Tietê.

Dois dias de sol e depois mais água. Cícero, o nordestino, achava um exagero:

— No Sul já tem tanta coisa/ que o Norte nunca vai ter/ tem professora bonita,/ tem carro, metrô e tevê./ Precisava essa injustiça/ de chover até derreter?

Miguel e os meninos saíam na chuva, para tomar banho na enxurrada e na meia-água das casas.

— Longe do rio! — gritou a mãe de Roque.

Depois da chuva, jogavam finca. Cada menino andava com seu ferrinho de ponta afiada, desafiando e aceitando desafios. Miguel era bom nisso.

Desafiado por Roque, escolheu um bom lugar na terra úmida e desenhou um triângulo, sua casa. Roque fez o mesmo. Riscou um traço no chão e atiraram os ferrinhos, para tirar a sorte. Miguel fincou o seu mais perto do risco, seria o primeiro a jogar. Fincou dentro da sua casa, tirou a finca, botou o pé esquerdo no furo, abriu o passo o mais que pôde, atirou a finca, riscou uma linha reta do novo furo até o primeiro, botou o pé esquerdo no novo furo, abriu outra vez o passo, riscou, e foi avançando na direção da casa de Roque. Contornou-a, procurando apertar a distância entre a linha de ida e a de volta, para dificultar a passagem de Roque quando fosse sua vez de jogar. Exagerou na manobra e fincou do outro lado da sua linha de ida, perdeu a vez. Roque comemorou:

— Agora você vai ver como se joga finca!

Fincou na casa e foi fazendo pontaria em passos curtos, para não cortar a linha de Miguel. Deu azar, bateu numa pedra escondida e a finca caiu. Não sabia perder, ficou logo mal-humorado. Miguel retomou a vez e, sem piedade, procurou apertar ainda mais a distância entre suas duas linhas. Acertou duas fincadas magistrais, que irritaram Roque ainda mais. Não ia bem com o primo desde que assumira por ele a culpa pela explosão da bomba na sala de aula. Sentiu-se quase compensado pelo castigo que havia tomado injustamente nas férias. Poderia retornar à sua casa em fincadas seguras e ganhar o jogo, mas errou por querer, só para prolongar o gosto da vitória. Roque se concentrou, mirou o espaço entre as linhas, atirou e urrou de ódio, fincou bem na linha de Miguel. Irritado, passou o pé nas linhas, acabou com o jogo.

— Já ganhou, pronto. Vamos nadar?

— Não vamos não. Mamãe proibiu e a tia também proibiu.

— Ninguém me manda.

Foi a última coisa que Miguel ouviu dele. À noite o trouxeram molhado e morto e o estenderam sobre um lençol branco na mesa da cozinha de sua tia.

Miguel não conseguia tirar os olhos dos pés do primo morto, inchados, pálidos, duros, amarrados nos tornozelos por uma tira de pano branco, iluminados por uma vela em cada canto da mesa, enquanto ouvia a latomia do terço rezado interminavelmente por homens e mulheres. A tia

olhava o filho longamente, até virem as lágrimas, repetia "eu bem que avisei", chorava e depois acompanhava o terço. Seu tio Olinto, ao lado, nem rezava, nem chorava, braços cruzados no peito, sem tomar pé. Quando chegou o caixão de madeira feito às pressas na serraria da fazenda, ajudou a dar banho no corpo, a vesti-lo, e colocá-lo lá dentro. Cobriu os pés nus com seu próprio lenço e sentou-se novamente no mesmo lugar. Dali só se levantou de manhã, quando fez o sinal da cruz e levou o corpo para o cemitério da vila, numa carroça, junto com a tia. Na charrete foram Miguel, seu pai e sua mãe, únicos parentes do morto. Doutor Nelson mandou colher flores e enviou seus pêsames. O padre que veio de Olegário fez a oração no pequeno cemitério de Vila das Pedras. Os colegas, dispensados da aula, vieram dar o adeus a Roque, junto com a professora. Depois cada um foi para sua casa e a morte era isso.

O julgamento de Guido Fabrini quase passou em branco, abafado pela morte de Roque. Miro, o dono do ônibus, estava presente e sabia de tudo.

— O advogado levou cinco testemunhas que deram prova que o rapaz é que era valentão e violento e que a faca que feriu ele era dele mesmo. Então aí não teve nem conversa e o juiz absolveu o Guido ali mesmo e ainda perguntou se ele queria dar queixa do outro. Até a moça depôs contra o rapaz, é, falou bonito, e agora é o Guido que tá encrencado com ela.

Miro gargalhou feliz no fim do relato, como se fosse uma vitória arrasadora da minúscula Vila das Pedras contra Tietê. Miguel ficou entusiasmado com o trabalho do advogado. Se não fosse a vontade de andar pelo mundo, era o que queria ser, advogado.

À noite o tio Olinto foi à casa da irmã, mãe de Miguel. Disse boa-noite e sentou-se no banco da cozinha, com o chapéu na perna, pensando no que ia dizer. A casa tinha uma sala com três poltronas, mas todos gostavam mais da cozinha. Ficou muito tempo assim, e tudo o que ele fazia era alisar o chapéu de vez em quando e olhar o fogo consumindo a lenha no fogão.

— Toma um pouco de sopa, Olinto.

O tio não deve ter ouvido, porque continuou calado. De vez em quando engolia um pouco de saliva, seu gogó subia e descia. O pai costumava dizer, habituado àquele silêncio entre irmãos: mineiro conversa calado. Num momento o tio levantou as mãos das pernas, palmas voltadas para cima, como se fosse dizer alguma coisa, depois desistiu, e as mãos desabaram de novo sobre as pernas, a cabeça balançou inconformada. Ao fim de algum tempo ele pegou o chapéu, levantou-se e foi embora.

Na escola, a lenta disciplina dos deveres foi apagando a lembrança de Roque. Miguel, sem muito espaço na alma, porque a saudade de Lindinha crescia como leite fervendo, não pensava mais nele.

As chuvas de entrada da primavera terminaram, flores brotaram amarelas e roxas nos ipês, lilases e brancas nos manacás.

Todo começo de noite o tio de Miguel passava pela casa da irmã, sentava-se no mesmo banco da cozinha e ficava calado olhando o fogo, enquanto alisava lentamente a aba do chapéu. Fazia, talvez, um balanço da sua vida com Roque, mas não tinha palavras. Ensaiava o gesto de mão de quem ia dizer alguma coisa e fracassava. Aos poucos esse gesto foi-se tornando mais brando e um dia ele balançou a cabeça afirmativamente, como se tivesse chegado a uma trabalhosa compreensão. Lágrimas brotaram nos seus olhos e ele disse:

— Ele não tinha sapato!

A cena dos pés de Roque surgiu forte na lembrança de Miguel e ele abraçou o tio e chorou, alto, chorou pela primeira vez a morte do primo e se reconciliou com ele, perdoado para sempre de todas as faltas.

— Doutor Nelson, o senhor é bom em adivinhação?

— Como assim?

— Adivinhação, uai.

— Explica, me dá um exemplo.

— Exemplo? Ó: o que é o que é: cai em pé e corre deitado?

— É o quê?

— É chuva.

Pelo visto ele não sabia nada.

— Pensei que fosse mineiro.

— Mineiro?

— Brincadeira, Miguel. Eu sabia que é chuva. Qual é a sua adivinhação?

— O que que é branca de manhã, vermelha de tarde e preta de noite?

Depois de pensar um pouco, doutor Nelson desistiu.

— Não, não sei. O que é?

— Também não sei. Tou precisando saber.

— Precisando? Por quê?

— É pra ganhar um prêmio.

— Que prêmio?
— Um cavalo.
— Que cavalo?
— Aquele, do circo.
— Ahnn. O tal cavalo velho que vai virar salsicha se ninguém comprar?
— É. Esse. Se eu adivinhar, ele é meu.
— Ahnn.
— O circo deve tá pra chegar. Seu Orsini disse que vinha antes do fim do ano.
— Você acha que ele vem? Vem nada.

Aquilo nem tinha passado pela cabeça de Miguel. A decepção era tanta que o doutor Nelson recuou.

— Bom, pode ser, né? Sabe, Miguel, uma adivinhação tem sempre uns truques pra dificultar. Muitas vezes a linguagem é simbólica, sabe como é que é?
— Não entendi.
— Olha, às vezes vermelho não é vermelho, é sangue. Às vezes noite não é noite, é o fim de alguma coisa. Quer dizer: manhã pode ser criança, tarde pode ser adulto e noite pode ser velho. Tem esses truques aí, é preciso descobrir é o truque.

Miguel saiu achando que o doutor Nelson mais complicou do que ajudou. A avó de Cícero, que sabia tantas coisas do povo, bem que tentou:

— Branca é a pureza da Virgem, vermelha é a cor da paixão, preta é a cor do demônio. Então a resposta é a mulher, que nasce pura, se perde na paixão e vai pro inferno.

Miguel viu que não era nada daquilo, mas agradeceu a ajuda. Olhou a casa, arrumadinha, bem diferente do acampamento do começo do ano. Agora estavam todos em fazendas e chácaras da região.

— Tão gostando de São Paulo?

— É um céu! É a parte de cima da água.

Ela diz que o patrão de Miguel foi muito bom, subiu um degrau para o céu:

— A gente não vai pro céu de uma vez. É aos bocadinhos... Cada dia sobe um pouco.

Shisato, o neto do casal Oushi, viera passar dois meses com os avós e não queria mais voltar para o Japão.

— Muita gente. Trabalha muito. Aqui ritmo é melhor, povo mais alegre. Até japonês do Brasil é diferente. Avô tá velho, precisa ajuda.

Continuava com a mania de falar muito. Não sabia a resposta do enigma, mas tentou:

— Céu, pode ser? Vermelho de tarde, com pôr do sol, e preto de noite.

— E o branco?

— É...

A professora Soraia não tinha a menor ideia:

— Não sou boa nisso.

Avisou a todos que ia casar no fim de janeiro, conhecer a Europa, morar na fazenda e continuar dando aula. Miguel gostou de saber que ela ia morar no casarão da fazenda.

— Já tá pensando, Miguel, no que vai ser na vida?

Achava aquilo muito difícil de resolver. Porque cada coisa que a pessoa aprende ou que acontece muda o rumo dela. Como um papa-vento. Já não sabia se queria ir embora com o circo. A ideia de ser advogado, de corrigir injustiças, ia ficando mais forte. Ultimamente gostava de ficar no laboratório da fazenda, vendo a doutora veterinária produzir embriões de nelore para botar em vacas comuns. Uma vaca levava na barriga o bezerrinho de outra. E o papa-vento mudava outra vez de rumo.

— Eu queria ser alguma coisa de circo, andar pelo mundo.

— Circo? Pelo amor de Deus, Miguel, voa mais alto.

Por que todo mundo gostava de ir ao circo e achava que não era trabalho bom? A professora percebeu seu desapontamento:

— Desculpe, Miguel, mas você tem cabeça pra ser muito mais do que isso. Pode estudar, se formar, ganhar dinheiro e andar pelo mundo do mesmo jeito. Paga sua passagem e vai pra onde quiser.

Quem disse que ele queria esperar tanto tempo?

— É, mas o circo é agora.

A professora sorriu.

— Tá bom. Você venceu. Mas eu vou te dar uma coisa pra você viajar agora, enquanto o circo não vem.

Tirou da bolsa um livro grosso, já usado. *Os três mosqueteiros*.

— Toma. Era do meu pai.

O pai de Miguel viu, dia após dia, o filho entretido com aquele livro. Quase não saía mais para brincar. Era tempo de jabuticaba, novembro, e ele só fora ao pomar duas vezes naquela semana. Quando Miguel terminou e deixou o livro sobre a mesa da cozinha, o pai leu o título.

— *Os três mosqueteiros*. Eu vi o filme no cinema do Miro.

— É? Tem filme?

— Tem, muito bom.

— No filme tem as pedras do colar da rainha que roubaram do namorado dela?

— Tem.

— Tem aquela madame que vai fazendo maldade uma depois da outra?

— Cortaram a cabeça dela.

Tanto tempo que o cinema do Miro estava fechado e o pai ainda se lembrava de tudo.

— Quando que passou esse filme?

— Ih, faz tempo. Eu tava noivo da sua mãe, lembra Toninha?

— Ah, tem muito tempo, nem lembro.

Jantavam os três e o pai foi ao fogão se servir.

— Pai, o senhor vai ou não vai me dar a resposta daquela adivinhação?

— O circo já chegou?

— Tá pra chegar. O senhor falou que ia levar três meses pra me responder, já passou o tempo.

— Falei três meses pra dizer o que que eu acho dessa história de ir embora com o circo. Não falei que ia dar a resposta da adivinhação.

— É, foi mesmo.

— Pois então. Eu e sua mãe achamos que você pode ir.

Miguel ficou alarmado.

— Posso?

Não esperava aquilo deles.

— É.

Decepção, uma dorzinha de abandono.

— Tão querendo que eu vá embora?

— Justamente pelo contrário. Se dissesse que não, você ia ficar revoltado e podia ir fugido ou brigado, como meu irmão fez, e não voltar mais, por causa do orgulho. Deixando ir, você vai, se não quiser viver aqui com a gente, ou não vai, se achar melhor ficar aqui. Agora, eu acho que aquilo não é vida de gente que nem nós, é de cigano.

Miguel sabia que ainda ia ter o que pensar sobre aquela conversa.

— E a adivinhação? O senhor sabe mesmo?

— Sei. Não falei que sei?

— Então, o que que é?

— Não vou falar.

— Ora, Geraldo...

— Ora o quê, Toninha? O problema não é dele? Não é ele que tem de resolver e merecer? Se eu der a resposta pra ele de mão beijada, qual é o merecimento dele? Hein? Me fala.

Miguel viu que o pai tinha razão, a mãe se calou. Mas como que ele foi aprender isso?

— Pai, o senhor me conta só uma coisa? Como foi que aprendeu essa adivinhação?

— Aah. Foi no cinema.

— Foi?

— Foi. Era um filme de aventura dos gregos e tinha um adivinho que ressuscitava o filho do rei. O rei, pra saber se aquele era mesmo o adivinho que tinham recomendado pra ele, fez essa pergunta sua e o adivinho respondeu. Então eu nunca esqueci, porque eu achei aquilo um fenômeno.

Miro, que foi dono do cinema, se lembrava de muitos filmes, porque o operador era ele mesmo e tinha de ver cada um três vezes, mesmo que fosse uma bomba, mas daquele se lembrava muito pouco.

— Seu pai não perdia um filme. Eu tinha sessão toda quarta, sábado e domingo. Todo sábado ele ia. Namoro de seu pai e sua mãe começou no meu cinema, é... Um namoro até meio quente, viu? Tá entendendo o que eu tou falando? Eu via lá de cima da cabine. Quente mesmo...

— E o tal filme, Miro?

— Era um filme histórico, dum labirinto que ninguém conseguia sair lá de dentro, uma coisa assim. O rei era rei desse lugar. Da adivinhação não lembro não.

Miguel não tinha mais a quem perguntar. Consolou-se pensando que na hora, para não deixar o cavalo morrer na fábrica de salsicha, o pai falaria.

Do circo, nem sinal.

Depois das provas de fim de ano pediu à professora outro livro, mas queria comprado. Deu-lhe um dinheiro, parte do que seu Michel lhe pagara pelas entregas do mês de novembro, perguntou se dava, ela disse dá, dá e saiu depressa, emocionada. Trouxe *Os miseráveis*, de Victor Hugo, edição condensada.

Miguel não havia terminado a leitura, embaçada várias vezes pelas lágrimas, quando chegou Lindinha, de férias. Ela — antes mesmo de vê-la, só de sabê-la perto — e o livro formaram no espírito dele duas decisões, que eram praticamente uma: não viajar com o circo e estudar para defender os injustiçados.

Quando ele chegou de bicicleta, trazendo a correspondência, ela estava na varanda.

— Oi, dona Lindinha.

Brincava, dizendo as mesmas palavras, na mesma situação de quando se encontraram nas férias de julho. Ela se lembraria?

— Eu sou sua dona, Miguel?

Riu satisfeito.

— É.

Quase uma declaração de amor.

Entregou as coisas ao doutor Nelson.

— Como é, e o circo?

— Tou esperando.

— Espera sentado, viu?

À tarde ele trouxe os cavalos, saiu com Lindinha e se beijaram na beira do rio. Contou-lhe a história do injustiçado Jean Valjean, do livro de Victor Hugo. Disse que tinha vontade de ser advogado.

— Antes eu queria ir embora com o circo. Agora não vou mais.

— Antes de quê?

Desejaria ter coragem de dizer "antes de ser seu namorado", mas não teve, corou só de pensar. Fugiu:

— Antes de ler esse livro.

Ela o olhou faceira, meio sorriso, naquele seu jeito de dominar sem machucar.

— Só por isso?

Nas férias de dezembro, ela ficara com o seu bico-de-lacre; depois, com a sua manga; agora era a vez dele. Tomou coragem e entregou-se:

— E pra ficar perto de você.

Ela queria mais, vaidosa, imperadora, menina:

— Só nas férias?

— Pra sempre.

Riu vitoriosa e galopou até a sede, ele atrás.

A professora Soraia estava lá para passar o fim de semana, preparar o casamento e estudar reformas na casa. Queria casar no jardim da fazenda. Adiantou a Miguel que ele havia passado muito bem de ano e deu-lhe como prêmio outro livro, *O guarani*, de José de Alencar. Olhou para os dois, como se estivesse querendo ser entendida além das palavras:

— É a história de um amor impossível que dá certo. Leia também, Lindinha.

Dezembro, mês de chuva e calor, já ia pela metade. Quando chovia, Miguel se entregava apaixonadamente à leitura. Quando estiava, corria para perto da sua Ceci. Não havia notícia do circo, nem ele tinha solução para o enigma.

Lindinha quis repetir as emoções do dia em que brincaram de cozinhar e pediu que ele montasse outra vez o fogãozinho de tijolos no pomar, junto da amoreira. Convidou o pai e Soraia e eles levaram vinho, pão, queijo e salame, por garantia, ele explicou, caso alguma coisa não desse certo, e levaram toalhas para sentar no chão. Doutor Nelson pedia que ele buscasse uma coisa ou outra na despensa e numa dessas vezes o olhar de Miguel cruzou com o de dona Soraia. Passou entre os dois o fulgor rápido do entendimento e desviaram os olhos para que a intuição das dificuldades futuras não atrapalhasse aquele momento de alegria. Depois de almoçar, deitaram-se todos no chão e ficaram identificando formas nas nuvens. De repente a voz muito nítida de Lindinha se destacou, alta:

— Miguel, Miguel! Olha a amoreira!

Olharam todos, e não viam.

— O quê? — disse ele.

— Olha, Miguel, as frutinhas! Não tá vendo?

Olhavam, viam e não entendiam. Lindinha se levantou, com energia de vitória, de descoberta.

— Fala logo, filha — disse o pai ansioso.

— Olha, Miguel! Será possível que não vê? As frutinhas!

— Que que tem elas?

— Olha! Tem umas brancas, umas vermelhas e umas pretas!

A súbita compreensão fez Miguel pular e deu a mão a Lindinha e gritou, gritavam, pulando:

— É amora! É amora! É amora! É amora!

— Mas ficaram loucos esses dois? — disse o doutor Nelson. — Quer me explicar?

— É a resposta da adivinhação, doutor Nelson!

— Olha só que danadinha! — disse a professora Soraia admirando Lindinha.

— Branca de manhã é a frutinha quando tá verde, vermelha de tarde é quando ela tá amadurecendo, e preta de noite...

— ... é quando tá madura — completou doutor Nelson. — Não falei que tinha uns truques? Manhã, tarde e noite é começo, meio e fim da vida delas.

— Tá salvo o cavalo dançarino! — disse Miguel, cerrando os punhos com força.

Esperaram a volta do cavalo armados com a resposta. A professora procurou num dicionário de mitologia grega e achou, na história de Glauco, filho do rei Minos, o enigma proposto pelo esperto dono do circo. O pai de Miguel tinha razão, era uma velha adivinhação. Um pouco estropiada pelos seus três mil anos de circulação, lá estava ela. Na lenda, o adivinho Políido responde que era da cor da amora a vaca maravilhosa que mudava de cor três vezes por dia: pela manhã, à tarde e à noite.

Chegou a semana do Natal e seu Orsini não apareceu com o cavalo. Lindinha foi comemorar o Natal com a mãe, voltou para festejar o Ano-Novo com o pai, e o circo Orsini não passou por Vila das Pedras. Chegou o dia do casamento, que levaria os noivos para a Europa e Lindinha de volta mais cedo para São Paulo, e nada. Bem que sua mãe dizia, pensava Miguel, que não se pode confiar nessa gente de circo.

— Não importa, Miguel — disse Soraia, ao se despedir para sua viagem de lua de mel. — Você fez a sua parte. Você está pronto para salvar o seu cavalo dançarino. O que interessa daqui pra frente é isso. Mesmo que o circo não venha, você está pronto.

Depois que os noivos se foram, Lindinha, da varanda, vestida de dama de honra, pediu para Miguel subir.

— Espera aqui.

Foi lá dentro e trouxe a gaiola com o passarinho que ele lhe dera havia um ano.

— Vamos soltar?

Entusiasmo de Miguel:

— Vamos!

Abriram juntos a portinha da gaiola, esperaram que o bico-de-lacre descobrisse que estava livre, depois acompanharam seu curto voo até a mangueira. De lá ele olhou seu mundo, orientando-se, cabecinha para um lado e para o outro, ouvindo.

As palavras da professora faziam seu trabalho na cabeça de Miguel. Se o seu Orsini não viesse com o cavalo, ficaria faltando uma coisa na sua vida, dali para a frente, um sonho impossível de realizar. Tomara que fosse o único, ele pensou, olhando para Lindinha, que seguia encantada a maneira como o passarinho estudava o que fazer.

Então ele levantou voo e sumiu na direção do rio.

Bate-papo com

Ivan Angelo

A seguir, conheça mais sobre a vida, a obra e as ideias do autor de Pode me beijar se quiser.

Nome: Ivan Angelo
Nascimento: 4/2/1936
Onde nasceu: Barbacena (MG)
Onde mora: São Paulo (SP)
Que livro marcou sua adolescência: foram vários. Um deles foi *O Guarani*, de José de Alencar.
Motivo para escrever um livro: contar uma boa história para mexer com a cabeça das pessoas e levá-las a pensar.
Motivo para ler um livro: buscar emoções ricas e intensas, sentir o prazer de apreciar um texto benfeito, aprender, compreender, imaginar.
Para quem daria sinal aberto: escritores criativos, cientistas, atletas perseverantes, artistas inovadores, pessoas cuidadosas com o meio ambiente, políticos atuantes no meio social.
Para quem fecharia o sinal: para os preguiçosos, os grosseiros, os violentos, os barulhentos, os pichadores, os enganadores, os desonestos.

Escrever para emocionar e transformar

O escritor e jornalista Ivan Angelo iniciou sua carreira em Belo Horizonte. Seu primeiro livro, escrito entre os 20 e 23 anos, ganhou o **prêmio literário** Cidade de Belo Horizonte, e foi publicado em 1961 com o título *Duas faces*.

De 1959 a 1965, Ivan trabalhou em diversos jornais e na revista *Alterosa*. Como repórter, editor e cronista. Em 1965, mudou-se para São Paulo a fim de trabalhar no *Jornal da Tarde*. Também escreveu roteiros para séries de televisão e crônicas para a revista *Veja*.

Em 1976, após longo período sem escrever ficção, publicou *A festa*, romance vencedor do prêmio Jabuti. Desde então, teve vários livros premiados e alguns traduzidos para outros idiomas.

A seguir, você vai saber um pouco mais sobre as ideias desse autor que escreve para transmitir emoções, valores, e para **mexer** com a cabeça das pessoas.

O texto de *Pode me beijar se quiser* mostra situações muito próximas de todos nós. Como ele nasceu?

Procurei escrever para jovens sem infantilizar o texto. Uma história que os adultos lessem como se fosse escrita para eles e que jovens e crianças lessem dessa maneira também. Coloquei um personagem menino lidando com problemas éticos e com emoções que a gente vive durante toda a vida. Procurei também um estilo muito claro, cristalino.

Como você compôs Miguel?

Retirei de *O ladrão de sonhos e outras histórias* — um livro que já havia sido publicado pela Ática — e o desenvolvi, porque era exatamente o tipo para o fundo e a forma que eu desejava.

Você se inspirou em alguém para criar Miguel, Lindinha, doutor Nelson e os outros personagens?

Miguel é, em parte, herói da minha infância — personagem de um livro que li quando era criança. É um pouco também o menino que eu fui. Lindinha é uma soma daquelas meninas impossíveis que os meninos namoram sem que elas saibam.

E quanto aos outros?

Enquanto escrevia o livro, uma série de figuras da minha infância acabaram irrompendo em alguns personagens, como Miro, seu Michel, a Indecisa.

Miguel é um menino muito sensível, que se preocupa de verdade com os problemas das pessoas e tenta, como pode, resolver os seus. Você acredita que

Imigração no Brasil

Neste livro, o protagonista Miguel convive com japoneses e italianos que trabalham na lavoura. A imigração europeia para o Brasil tornou-se intensa entre o fim do século XIX e o começo do século XX. A abolição da escravatura no Brasil e as constantes transformações socioeconômicas que ocorriam no Velho Continente foram os principais motivos do deslocamento. Já os japoneses começaram a imigrar a partir da década de 1910 e vieram para trabalhar principalmente nas lavouras de São Paulo. Com o objetivo de atrair estrangeiros, a política de imigração dessa época previa o pagamento de passagens de navios e alojamentos temporários até que o imigrante encontrasse um emprego.

os jovens ainda tenham esse tipo de atitude?

Não tenho a menor dúvida. Os jovens são muito éticos e solidários. Quando entram na disputa pelo mercado de trabalho é que eles começam a perder esses valores. Acho que um bom caráter como Miguel, se fosse seguido como modelo, ajudaria a fortalecer esse lado que os jovens já têm.

Das muitas experiências que Miguel vive, qual é a mais marcante na sua opinião? Por quê?

Para mim, a experiência da frustração é a mais rica. Aprende-se muito com o que se quer e não se consegue. Ensina a querer com mais força e determinação na batalha seguinte. E isso vai correr paralelamente com a batalha dele pelo amor, no futuro.

Por que você escolheu o cenário interiorano para narrar suas histórias?

Porque esse cenário é mais limpo de injunções. Digo cenário num sentido amplo, de situação dos conflitos. Veja que eu "limpei" o meu cenário até de máquinas que são hoje comuns no interior: televisão, carro, computador. Só há ligeiras referências. A intenção foi limpar o entulho e o ruído da vida urbana para lidar apenas com as emoções e a ética. Isso levou ao andamento cadenciado das ações e do próprio texto, para dar tempo de a emoção brotar no leitor e o envolver.

O que significa escrever para você?

Escrevo para mexer com a cabeça das pessoas, sejam adultas, sejam jovens. Mexer inclusive com a minha cabeça. Mexer no sentido ético e no sentido estético. Lidar com os valores da sociedade e com a qualidade do texto.

É diferente fazer literatura para o público adulto e para o jovem?

Eu não acho que o jovem está interessado apenas na história, mas também na maneira como se conta a história. Escrever para adulto ou para jovem dá trabalho. O que se tem de considerar é só a pequena experiência que o jovem tem com textos de estrutura mais complicada e o pouco tempo que ele tem para ler. Porque ele está começando a se envolver com o amor, e isso é importante e ocupa muito a cabeça.

Que tipo de emoção você espera despertar nos leitores?

Adesão, simpatia, identificação com o personagem. No final, satisfação, sensação de tempo ganho.

Obras do autor

PELA EDITORA ÁTICA

O ladrão de sonhos e outras histórias (contos, 1995)
O comprador de aventuras (juvenil, 2000)

POR OUTRAS EDITORAS

Duas faces (contos, 1961)
A festa (romance, 1976)
A casa de vidro (novela, 1979)
A face horrível (contos, 1986)
Amor? (novela, 1995)
História em ão e inha (infantil, 1997)
O vestido luminoso da princesa (infantil, 1998)
85 anos de cultura (interesse geral, 1998)
As melhores crônicas de Ivan Angelo (crônicas, 2007)